RECUEIL
DES DISCOURS

PRONONCÉS

DANS LA SÉANCE PUBLIQUE ANNUELLE

DE L'INSTITUT ROYAL DE FRANCE,

LE SAMEDI 24 AVRIL 1824.

PARIS,
DE L'IMPRIMERIE DE FIRMIN DIDOT,
IMPRIMEUR DE L'INSTITUT, RUE JACOB, N° 24.

1824.

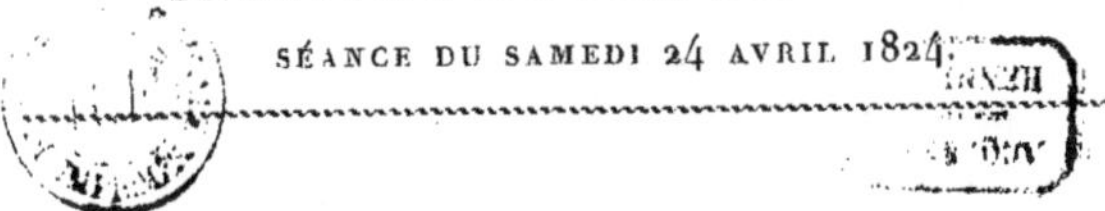

INSTITUT ROYAL DE FRANCE.

M. AUGER, *Directeur de l'Académie Française, et Président, a ouvert la séance par le discours suivant.*

M ESSIEURS,

Ce jour qui, pour la neuvième fois, rassemble les quatre Académies en cette enceinte, est l'anniversaire du jour fortuné, où, après trente années d'un exil encore plus fatal pour nous que douloureux pour lui-même, notre auguste monarque remit le pied sur le sol de la patrie. Par une insigne faveur, Sa Majesté a voulu qu'au même moment où la France entière célébrerait, d'année en année, l'époque d'un retour qui combla tous ses vœux et répara tous ses maux, l'Institut consacrât, par une séance solennelle, le souvenir de cette heureuse réorganisation, qui replaça les Académies sur leurs anciens fondements, sans rompre ni relâcher le nouveau lien qui les unissait. Ainsi, au milieu des sentiments qui font éclater la joie publique, il existe pour nous un motif particulier de nous réjouir, et d'honorer, dans le père de la patrie, le père des lettres, des sciences et des arts. Dans les deux lustres dont cette journée ferme la période, que de malheurs effacés! que de bienfaits accomplis! Et, si nous ramenons nos regards sur les temps qui sont à peine écoulés, quels prodiges viennent de s'opérer! Une armée française,

ayant à sa tête un prince d'une vertu et d'une bravoure à toute
épreuve, franchit les Pyrénées, traverse, occupe, en triomphant, l'Espagne entière, et va briser les fers d'un roi captif
d'une faction. Six mois ont suffi pour consommer ce grand
ouvrage. La guerre, qui enfante tous les maux, et qui fait
payer si cher aux vainqueurs mêmes ses sanglants avantages,
la guerre a produit pour nous tous les biens. L'éclat de nos
armes rajeuni ; la bonne foi de nos négociations attestée par nos
juges les plus prévenus ; la France replacée, parmi les autres nations, au rang qui lui appartient ; le trône à jamais raffermi sur
un sol qu'aucune secousse n'ébranlera plus ; et le crédit public
s'élevant à un degré de prospérité inouï parmi nous : voilà des
faits réels, constants, irrécusables, qui ont ouvert bien des yeux
et changé bien des cœurs. Le moment approche sans doute, où
les Français, oubliant leurs tristes dissentiments, confondront dans
une même affection le prince et la patrie. En paix avec le monde
entier, en paix avec nous-mêmes, nous ne pourrons plus être
agités et divisés que par ces guerres sans danger, mais non pas
sans honneur, où l'ambition des esprits se propose la vérité
pour conquête. Nous allons préluder nous-mêmes à ces innocents
combats, et en donner, pour ainsi dire, le signal, en attaquant
d'ambitieuses nouveautés, qui semblent tendre à altérer la pureté
des principes sur lesquels se fonde notre littérature, et même à
ternir l'éclat des chefs-d'œuvre dont elle s'honore.

La querelle des anciens et des modernes était déja engagée de-
puis long-temps, et Boileau gardait encore le silence. Le prince de
Conti, un des hommes les plus spirituels de cette époque, lui dit :
J'irai à l'Académie, et j'écrirai à votre place, TU DORS, BRUTUS.

Un nouveau schisme littéraire se manifeste aujourd'hui. Beaucoup d'hommes, élevés dans un respect religieux pour d'antiques
doctrines, consacrées par d'innombrables chefs-d'œuvre, s'inquiè-
tent, s'effraient des projets de la secte naissante, et semblent de-

mander qu'on les rassure. L'Académie française restera-t-elle indifférente à leurs alarmes ? et le premier corps littéraire de la France appréhendera-t-il de se compromettre, en intervenant dans une dispute qui intéresse toute la littérature française? Le danger n'est peut-être pas grand encore ; et l'on pourrait craindre de l'augmenter en y attachant trop d'importance. Mais faut-il donc attendre que la secte du *romantisme* (car c'est ainsi qu'on l'appelle), entraînée elle-même au-delà du but où elle tend, si toutefois elle se propose un but, en vienne jusque - là, qu'elle mette en problème toutes nos règles, insulte à tous nos chefs-d'œuvre, et pervertisse, par d'illégitimes succès, cette masse flottante d'opinions dont toujours la fortune dispose?

Une solennité où l'Académie française a l'honneur de présider l'Institut royal de France, a paru l'occasion la plus favorable pour déclarer les principes dont elle est unanimement pénétrée, pour essayer, en son nom, de lever les doutes, de fixer les incertitudes, de dissiper les craintes, et s il se peut, de prévenir les dissensions dont la littérature est menacée. La voix qui se fait entendre est celle de toutes peut-être qui a le moins de force et d'autorité; mais il ne lui sera pas reproché de manquer de zèle pour la bonne cause et de respect pour la vérité.

La secte est nouvelle et compte encore peu d'adeptes déclarés; mais ils sont jeunes et ardents ; mais la ferveur et l'activité leur tiennent lieu de la force et du nombre, et le concert bruyant de leurs voix pourrait faire croire, de loin, à l'union de leurs sentiments.

Cependant ils n'ont point de symbole arrêté; ils n'ont encore que quelques idées vagues et incohérentes qu'ils s'efforcent de donner pour des opinions réduites en système, et quelques mots de ralliement qu'ils ne sont pas sûrs de comprendre, mais au moyen desquels ils se reconnaissent dans la foule. Comme ils n'ont ni dogme fixe, ni discipline établie, ni chef institué, ils ne mar-

I .

chent pas tous de front, ni du même pas. Ils se soutiennent in-
distinctement les uns les autres, mais indépendamment de toute
conviction individuelle, et par ce seul instinct d'union et de dé-
fense réciproque qui naît du sentiment de la faiblesse numérique.
Il y a plus; au sein du schisme même, naissent sourdement de
petits schismes secondaires, à qui peut-être il ne manque qu'une occasion pour éclater. En attendant, on voit paraître des déclarations
de principes qui ressemblent à des apologies, et des manifestes
qu'on prendrait pour des propositions de paix. Enfin, quelques-uns
des novateurs les plus renommés vont jusqu'à renier le nom dont
naguère ils s'honoraient, et dont le reste continue à se glorifier.

Ce nom toutefois subsiste; et, sauf à prouver qu'il ne signifie
rien ou qu'il est mal appliqué, il est indispensable de l'employer,
pour parler de la chose même que, d'après un usage presque
général, il sert à désigner.

Pour bien traiter une question, il faut, dit-on, fixer le sens
des termes avant de s'en servir. En cette occasion, le précepte est
plus facile à donner qu'à suivre. Des partisans du romantisme ont
essayé de le définir, et l'on a paru douter qu'ils se comprissent
eux-mêmes : des adversaires du romantisme ont entrepris la même
tâche, et ils n'ont satisfait personne, à commencer par eux.

Si toute idée réelle, vraie ou fausse, doit pouvoir être exprimée
clairement, et comprise par la bonne foi intelligente, ne serait-on
pas autorisé à soupçonner qu'une prétendue doctrine, qui échappe
à l'analyse et se refuse à la définition, est quelque chose de fantastique, dont l'apparence déçoit ceux qui l'attaquent, comme ceux
qui la défendent? N'y aurait-il pas lieu de croire enfin que la querelle du romantisme est une simple dispute de mots, un pur mal-
entendu, qui cesserait du moment que les esprits justes et sincè-
res, de part et d'autre, après être tombés d'accord sur les principes
qui semblent les diviser, seraient forcés de reconnaître la vanité
des paroles qui les abusent?

Mais, avant d'entamer cette question, il faut la déterminer, la circonscrire ; il faut la dégager d'une autre question qui la complique, et qui en rendrait la solution plus difficile. Il existe deux espèces de romantisme, dont l'une est l'émanation, et, pour mieux dire, la dégénération de l'autre. Celle-ci est d'invention étrangère ; celle-là est d'imitation française. L'histoire et le jugement de la première doivent précéder l'histoire et l'examen de la seconde, la seule qui nous intéresse véritablement, et dont il soit convenable de nous occuper ici.

Il est une contrée septentrionale de l'Europe, qui est comme une grande république de royaumes, où la littérature n'a pas plus de centre d'unité que le pouvoir, où la police du ridicule n'existe pas, où les esprits, disposés à la méditation par leur isolement, à l'indépendance par leur dispersion, et à l'erreur par leur sincérité même, ont souvent porté la profondeur jusqu'à l'abstrusion, le sentiment jusqu'au mysticisme, et l'enthousiasme jusqu'à l'exaltation. Cette contrée demeura long-temps étrangère au raffinement et à l'élégance de la civilisation moderne. Douée d'une langue énergique, mais rude ; abondante, mais peu favorable à la précision et à la clarté ; d'une langue qui, aujourd'hui même, n'est pas encore fixée, elle n'avait pas de littérature propre, quand chacune des autres nations de l'Europe pouvait s'enorgueillir de la sienne. La nôtre dominait alors, et semblait régner sur tous les peuples policés. Les Allemands s'empressèrent d'abord de l'imiter ; mais ils le firent sans grâce et sans succès. Dégoûtés eux-mêmes de leurs froides et lourdes imitations, ils s'en prirent à leurs modèles ; n'ayant pu égaler nos écrivains, ils se mirent à les dédaigner ; et ils résolurent de se faire originaux. Ils venaient bien tard pour inventer. Qu'ont-ils fait ? Croyant créer peut-être, ils ont encore imité ; mais cette fois, leurs modèles étant moins faits pour en servir, si l'imitation n'a pas été beaucoup plus heureuse, elle a du moins été beaucoup plus facile, et ils paraissent enfin satisfaits d'eux-mêmes.

Un Anglais du seizième siècle, génie sublime et inculte, ignorant les règles du théâtre, et les suppléant par tous ces artifices qu'un heureux instinct suggère, avait, dans ses drames monstrueux, étendu indéfiniment l'espace et la durée, renfermé des lieux et des années sans nombre, confondu les conditions et les langages, méconnu ou violé le costume distinctif des époques et des contrées diverses; mais, observateur attentif et peintre fidèle de la nature, il avait répandu, dans ses compositions désordonnées et gigantesques, une foule de ces traits naïfs, profonds, énergiques, qui peignent tout un siècle, révèlent tout un caractère, trahissent toute une passion. A la même époque, un Espagnol, doué de la plus riche imagination, connaissant les préceptes et les modèles de la scène antique, mais, comme il le disait lui-même, les tenant enfermés sous dix clefs, pour ne pas succomber à la tentation de suivre les uns et d'imiter les autres, s'était condamné à l'extravagance, pour plaire à sa nation, amoureuse de l'élévation démesurée des sentiments, de la pompe emphatique du langage, et de la complication fatigante des événements.

Ce qu'en un siècle de barbarie avaient fait Shakespeare et Lope de Véga, l'un par ignorance et l'autre par nécessité, les Allemands, à une époque de lumières universelles, le firent avec choix et systématiquement. Des tragédies furent composées par eux, dans lesquelles l'irrégularité de l'Eschyle britannique et de l'Euripide castillan était largement imitée, mais où leur génie était un peu plus sobrement reproduit.

Une poétique du temps d'Élisabeth et de Philippe II se serait mal appliquée aux événements fabuleux ou historiques de l'antiquité; il y aurait eu une sorte de disconvenance et presque d'anachronisme à traiter des sujets grecs autrement que ne les auraient traités les Grecs eux-mêmes. C'est cette considération plus que toute autre, c'est elle seule peut-être qui détermina le choix des dramatistes allemands pour les sujets du moyen âge, ce choix qu'ils

voudraient nous faire regarder comme un mouvement impérieux
de leurs ames, ou comme une sublime inspiration de leur génie.
Quoi qu'il en soit, ils puisèrent leurs faits dans le chaos des anciennes chroniques ou dans le fatras des vieilles légendes; ils de-
mandèrent leur merveilleux à la féerie, à la sorcellerie, à la magie
noire; ils ne dédaignèrent pas même l'absurdité des contes les
plus populaires, et ils offrirent à l'admiration des hommes ce qu'en
tout autre pays on n'exposerait pas impunément à la moquerie
des enfants. Ces chefs-d'œuvre, composés dans chacune des villes
savantes, des huit ou dix Athènes de l'Allemagne, par le Sophocle
du lieu, et joués, pour ainsi dire, en famille, devant le Périclès
du Margraviat ou de la Principauté, obtinrent un succès prodigieux;
et nos bons voisins purent croire qu'ils avaient enfin un théâtre
national.

J'ai dit rapidement l'origine, la marche, les succès du romantisme en Allemagne. Je n'ai parlé que du théâtre; mais c'est que
le théâtre est le seul genre de littérature auquel puissent être appliqués des systèmes de composition différents. Le théâtre a des
moyens et un but qui lui sont propres. Il ne raconte pas une
action, il la met sous les yeux; il veut plus qu'émouvoir et plaire,
il aspire à faire illusion. Or, il peut, devant des spectateurs immo-
biles et rassemblés pour quelques heures, présenter toujours un
même lieu, ou se métamorphoser en vingt lieux divers; marquer,
par la succession des événements, la durée d'un seul jour ou celle
de plusieurs années. L'épopée et le roman, l'ode et la satire, tous
les autres genres, n'ont pas un pareil choix à faire; ils n'ont pas
de lois précises, rigoureuses, qu'ils doivent suivre ou qu'ils puissent
transgresser : il n'existe pour eux, en quelque sorte, que des usages
et des convenances. Voilà pourquoi la question du romantisme
allemand, considéré comme une innovation littéraire, n'est autre
chose qu'une question dramatique. Tous les autres genres ont sans
doute participé à cette révolution, mais seulement sous le rapport

des idées et du langage, et par un effet de cette influence que le théâtre, le plus populaire de tous les plaisirs de l'esprit, exerce infailliblement sur la société et sur la littérature.

Il y a près de trente années, quelques récits de voyageurs et bientôt quelques traductions nous firent connaître plusieurs productions du romantisme allemand, qui n'avait pas encore été rédigé en théorie, et à qui même, je crois, il n'avait pas encore été imposé de nom. Elles furent accueillies parmi nous avec ce ton d'ironie légère qui désole les écrivains germaniques, qui, comme ils disent, *leur fait mal à l'ame*, et auquel ils préfèrent la bonne foi et le sérieux de l'injure. Nos derniers tréteaux reculèrent d'horreur devant ces monstruosités exotiques. Pour oser en offrir quelques-unes au jugement et au goût des artisans de nos faubourgs, il fallut les réduire aux proportions, les assujettir aux règles et aux bienséances de notre scène. Le vestige le plus marqué de leur origine fut l'introduction du niais ou du bouffon obligé, imitation timide du Falstaff de Shakespeare et du *gracioso* des drames espagnols. Les gens de goût voyaient sans colère et sans crainte ces importations qu'ils jugeaient sans danger pour un public français.

Cependant, à une époque plus rapprochée de nous, une femme justement célèbre, toute française par ses sentiments, ses affections et ses goûts, mais que les vicissitudes de sa destinée avaient rendue cosmopolite, rapporta d'une de ses plus longues excursions le système germanique, nous en apprit le nom en même temps que les principes, et nous révéla la fameuse distinction de *classique* et de *romantique*, qui divisait, à leur insu, toutes les littératures, et partageait la nôtre même, qui ne s'en serait jamais doutée. Son exposé, où la prévention se cachait mal sous un air d'impartialité, fut, pendant quelque temps, l'objet d'une controverse que fit taire bientôt le fracas des événements et des intérêts politiques.

Nous en sommes restés à ce point pour ce qui regarde le vrai romantisme, le romantisme allemand, le romantisme du théâtre.

Nos jeunes écrivains, les plus favorables à ces idées nouvelles, n'ont pas encore osé les préconiser hautement, ni surtout les mettre en pratique. Un ou deux s'en sont excusés de l'air dont on s'en vanterait; mais ils se sont trompés, ils n'étaient pas si coupables. Trop hardis peut-être pour des Français, combien n'ont-ils pas été timides en comparaison des Goëthe et des Schiller? Ont-ils fait une pièce dont l'action dure seulement une semaine, et dont les personnages franchissent au moins, d'une scène à l'autre, l'étroit passage qui sépare la France de l'Angleterre ou l'Europe de l'Afrique? Nous les attendons là. Qu'ils y arrivent, et il sera temps alors pour nous de les combattre, de leur démontrer que ces règles contre lesquelles on se mutine, sont pourtant les seules bases sur lesquelles puisse être assis le système dramatique d'un peuple éclairé, et qu'elles sont elles-mêmes fondées sur les résultats de l'expérience, lentement convertis en axiomes; qu'elles ne sont pas, comme on a l'air de le croire, des lois imposées à l'imagination par le caprice d'un vieux philosophe grec du temps d'Alexandre, et que l'auteur de la *Poétique* n'a pas plus inventé les unités, que l'auteur de la *Logique* n'a créé les syllogismes; que ces lois, établies pour les intérêts de tous, font seules du théâtre un art, et de cet art une source d'illusions ravissantes pour le spectateur et de succès glorieux pour le poète; qu'elles ont le double avantage d'élever un obstacle contre lequel le génie lutte avec effort pour en triompher avec honneur, et une barrière qui arrête l'invasion toujours menaçante de la médiocrité aventureuse ; qu'on peut quelquefois essayer de reculer les limites de l'art, et quelquefois même, comme a dit Boileau, tenter de les franchir, mais qu'il ne faut jamais les renverser; et qu'enfin il en peut être de la littérature comme de la politique, où quelques concessions habilement faites à la nécessité des temps, préservent l'édifice de sa ruine, et le rajeunissent, tandis qu'une révolution complète, renversant tout ce qu'elle rencontre, bouleversant tout ce qu'elle ne détruit pas, plaçant le

crime au-dessus de la vertu, et la sottise au-dessus du génie,
engloutit dans un même gouffre la gloire du passé, le bonheur
du présent, et les espérances de l'avenir.

Je me hâte d'arriver à ce que j'appellerai le Romantisme français ou plutôt gaulois; romantisme bâtard, qui n'a ni la même
énergie, ni la même audace, ni les mêmes excuses que le romantisme teutonique.

Les partisans de ce genre s'appuient sur une haute considération morale et politique. La Révolution, disent-ils, a tout changé
parmi nous, les institutions et la société, les principes et le caractère : il faut que la littérature, expression naturelle de toutes ces
choses, participe au changement universel. Nous ne voulons pas
leur contester, nous avons remarqué comme eux, que les productions des lettres et des arts subissent toujours plus ou moins l'influence des opinions et des habitudes contemporaines. Pour ne
parler que de la France, ces productions, généralement nobles
et décentes sous Louis XIV, devinrent licencieuses et impies sous
la Régence; ensuite, sauf de glorieuses exceptions qui s'offrent à
la pensée de tous, futiles et affectées pendant le long règne de
Louis XV, elles semblèrent se régénérer, avec les mœurs publiques et privées, dans les années trop peu nombreuses du règne
de son infortuné successeur; et enfin, nous les avons vues, durant les jours de nos discordes civiles, partager la fortune diverse
des partis, et suivre les phases variées du corps social, tantôt
abjectes et furibondes, tantôt sublimes et dévouées, ici célébrant
les épreuves de la vertu, et là consacrant les triomphes du crime.
L'époque où nous sommes ne peut échapper à cette loi universelle et constante. Nos malheurs nous ont rendus, sinon plus
sensés, du moins plus sérieux; nos ames, long-temps froissées par
le choc des événements extérieurs, aiment davantage à rentrer
en elles-mêmes, pour y trouver quelque repos; la religion a repris
tout son empire, et la morale tous ses droits, ou du moins on

n'outrage plus impunément l'une ni l'autre. D'un autre côté, les
esprits, appliqués à observer la marche des affaires publiques,
ou même à la diriger, demandent des notions plus positives, plus
étendues, plus variées, sur les nombreux objets dont se compose
la science du gouvernement. Dans cet état moral et politique de
notre société reconstituée, il est d'une conséquence nécessaire
que la littérature réponde aux besoins des ames et des esprits. Ce
ne peut pas être là une découverte du romantisme : c'est simple-
ment un résultat des faits, reconnu et adopté par la raison.

Le romantisme n'a pas la prétention d'instruire; il dédaigne
d'amuser; il n'aspire qu'à émouvoir : c'est *la poésie de l'ame* dont
il s'empare. Quels sont les éléments de cette poésie? Sans doute,
la religion et l'amour, l'héroïsme et la vertu, l'humanité et le pa-
triotisme, la tendresse paternelle et la piété filiale. Mais quoi! ces
sentiments ne sont-ils pas ceux de tous les hommes? nos cœurs
n'y ont-ils pas toujours été ouverts, ne s'en sont-ils pas toujours
nourris? et nos poètes n'ont-ils pas incessamment puisé dans ces
inépuisables sources d'emotions profondes? Rien, dans notre
système littéraire, ne s'oppose à ce qu'on pénètre plus avant encore, s'il se peut, dans les causes mystérieuses et infinies de notre
sensibilité morale. Que l'on tente ces conquêtes, qu'on les accom-
plisse, et nous y applaudirons. Je ne vois encore rien là qui appartienne en propre, qui appartienne exclusivement au romantisme.

Les romantiques font aux classiques plusieurs reproches qu'il
convient d'examiner; et d'abord il faut savoir ce qu'ils entendent
par classiques. Ce sont, disent-ils, les écrivains modernes qui ont
imité les auteurs anciens, au lieu de créer comme eux; qui leur
ont emprunté, avec les formes de leurs poëmes, le fond même de
leurs sujets et de leurs idées, au lieu de traiter, sous des formes
différentes, des sujets et des idées appartenant à l'histoire, à la
religion, aux mœurs des nations chrétiennes. Les romantiques

reprochent-ils à leurs adversaires l'emploi des formes antiques ?
Nous avons vu que, dans le genre dramatique, ils les adoptent
eux - mêmes, et nous ne voyons pas que, dans les autres genres,
ils en aient imaginé de nouvelles. Les blâment - ils seulement
d'avoir traité des sujets de l'antiquité païenne, soit fabuleuse,
soit historique? Il nous semble que *Cinna* et *Horace*, *Phèdre* et
Iphigénie, *Mithridate* et *Britannicus*, *OEdipe* et *Mérope*, *Brutus*
et *Rome sauvée*, tragédies puisées, les unes dans le théâtre grec,
les autres dans les annales de l'ancien Univers, et toutes imitées
ou créées avec un égal génie, sont des œuvres modernes et fran-
çaises, en dépit de leur origine; qu'elles ne sont ni des calques,
ni des copies, ni des pastiches; qu'il y a de la sève et de la vie, et
qu'enfin ce ne sont pas là tout-à-fait, comme on l'a dit, les productions d'un *art pétrifié*.

Mais, disent les romantiques, si Corneille, Racine et Voltaire
sont excusables d'avoir traité des sujets antiques et païens, leurs
successeurs ne le seraient pas de s'obstiner à exploiter ces mines
tant fouillées, dont les produits; d'ailleurs, sont dédaignés par
l'esprit et le goût du siècle. Ceci présente une autre question;
mais ce ne sera pas une cause de dissentiment. Dit - on que les
sujets grecs ou romains sont épuisés? nous penchons fort à le
croire. Ajoute - t - on qu'il faut s'abstenir de ramener sur la scène
ceux que nos grands maîtres y ont présentés avec tant d'éclat?
nous en sommes d'accord. En conclut-on la nécessité de recourir
à des sujets du moyen âge ou des temps modernes, à des sujets
religieux ou chevaleresques? nous ne pouvons nous empêcher
d'admettre cette conséquence; et, avant même qu'elle sortît aussi
impérieusement des faits, nos plus grands poètes l'avaient re-
connue et s'y étaient soumis; car Corneille a fait *Polyeucte* et *le
Cid*; Racine, *Athalie* et *Bajazet*; Voltaire, *Zaïre*, *Alzire* et *Tan-
crède*. Il n'y a donc point encore là de romantisme. Que dites-vous?
s'écrient nos adversaires; les tragédies dont vous venez de pro-

clamer les noms, sont romantiques, et nous les adoptons comme telles. Nous répondrons modestement que nous les avions toujours crues classiques, c'est-à-dire, composées d'après les excellents modèles de l'antiquité, et dignes de servir de modèles à leur tour aux poètes des siècles futurs. Mais laissons cette fatigante logomachie, et continuons d'examiner s'il y a quelque réalité au fond des fières prétentions du romantisme, toujours accompagnées de reproches non moins superbes.

Les maîtres de la nouvelle école parlent beaucoup de vérité. On dirait que la fameuse maxime, *Rien n'est beau que le vrai*, a été inventée par eux, ou du moins qu'ils sont les seuls qui s'y conforment. Une littérature empruntée aux anciens, disent-ils, ne peut être vraie pour les modernes. Voilà le grand argument, la grande objection. Il faut pourtant bien peu d'efforts pour la détruire. La nature et l'homme sont invariables au fond; mais ils reçoivent, des climats ou des siècles divers, quelques changements de forme ou de costume. La vérité, dans les arts, consiste à représenter d'abord la nature et l'homme, tels qu'ils existent en tout pays et en tout temps; et secondairement à marquer les différences accidentelles qui modifient leur extérieur, suivant les contrées ou les époques. Un sujet de la Grèce antique, où l'homme de tous les lieux et de tous les siècles sera peint fidèlement, sous le costume rigoureusement observé de Mycènes, d'Argos ou de Sparte, réunira, pour des spectateurs modernes, les deux conditions qui constituent cette vérité : un sujet moderne pourra les enfreindre l'une ou l'autre, si les sentiments naturels sont faussement exprimés, ou les mœurs sociales inexactement rendues. Aucun système de littérature ne peut s'attribuer exclusivement, et contester au système opposé ce principe de la double vérité du fond et de la forme, de la nature et du costume. Ce ne peut pas être une question de théorie et de raisonnement; c'en est une seulement de pratique et de fait. Si je vois l'élégant Racine prêter quelquefois à des personnages de la

Grèce héroïque, les sentiments raffinés et les expressions polies des courtisans de Louis XIV, je vois plus souvent le sauvage Shakespeare transporter dans tous les temps et dans tous les pays où l'entraîne sa Muse vagabonde, les idées, les préjugés, les mœurs et le langage des bourgeois de Londres sous la reine Élisabeth. En conclurai-je que le genre romantique est plus essentiellement faux dans ses peintures que le genre classique? non. Je dirai seulement aux partisans du premier, Soyez vrais, soyez-le, s'il vous est possible, plus que vos maîtres et les nôtres; mais n'exagérez pas même cette qualité que vous mettez avec raison au-dessus de toutes les autres. Il est, dans les arts, un excès de naturel qui est la pire des affectations, et un degré de vérité niaise ou abjecte qui ferait préférer une élégante imposture.

Les romantiques ont la gaîté en horreur. Ils ne voient, dans le bonheur et dans le plaisir, que de la prose; et ils ne trouvent de poésie que dans le malheur et dans l'affliction. *Rire est si bon!* disent les hommes vulgaires; *pleurer est si doux!* répondent nos jeunes Héraclites. Nous ne nions pas la douceur des larmes : Virgile, Racine et Voltaire nous en ont fait répandre de délicieuses. Mais l'innocente joie et la franche gaîté ont bien aussi leurs charmes; et l'expression du bonheur est peut-être un hymne aussi respectueux pour le Dieu de qui nous tenons la vie, que ces éternelles lamentations qui semblent la lui reprocher comme un don funeste. Si nous repoussons l'homme dont la folle et étourdissante gaîté s'exerce sur tout, et vient troubler nos pensers les plus sérieux, nous fuyons aussi celui dont l'importune et fatigante tristesse se déploie à tout propos, et vient empoisonner nos plaisirs les plus purs. Nos jeunes poètes romantiques seraient-ils donc souffrants et malheureux? Dans l'âge où tout invite au plaisir, quelque grande infortune les aurait-elle désabusés du songe de la vie et du néant de nos félicités? Rassurons-nous : cette tristesse systématique de leurs écrits n'empêche pas que leur humeur ne soit gaie et leur existence joyeuse ; de même que le génie, qu'ils appellent une maladie, ne porte heureusement aucune atteinte à leur brillante santé.

Les romantiques chérissent l'idéal, le vague, le mystérieux : c'est, après la douleur, ce dont ils font le plus de cas ; et ils reprochent assez durement aux classiques leur prédilection pour le matériel et le positif. Expliquons-nous. Les classiques ne sont pas si peu instruits qu'on le suppose de la nature des facultés morales de l'homme, des besoins qu'elles éprouvent, et des moyens qu'on doit employer pour les satisfaire. Ils savent que, dans les arts, la partie la plus noble de nous-mêmes veut autre chose que l'imitation de ce qui tombe sous nos sens ; que, dans la poésie particulièrement, l'ame et l'imagination demandent, pour aliment de leur dévorante activité, ces sentiments profonds et en quelque sorte infinis, dont la religion et l'amour sont les deux principales sources ; et que l'esprit même ne saurait être entièrement captivé qu'à l'aide de cet art délicat, qui consiste à ne pas arrêter avec trop de fermeté les formes de certains objets, et à étendre sur quelques autres un voile qui les laisse entrevoir ou seulement soupçonner. Mais ils ne veulent pas d'un idéal qui n'ait aucun fondement réel, d'un vague qui ne soit qu'un pur néant, et d'un mystérieux sous lequel il n'y ait rien de caché. Parce que l'esprit se plaît à deviner, faut-il lui donner des énigmes sans mot ? Parce que l'ame se plaît à rêver, faut-il que les vers, pareils aux ruisseaux dont le murmure produit et entretient la rêverie, soient privés de sens, et ne rendent qu'un doux bruit ? Parce que l'imagination aime à achever les tableaux qu'on lui présente, faut-il que des descriptions poétiques ressemblent à ces figures indécises et changeantes que les nuages offrent à nos yeux ? Que dirait-on d'un peintre qui, retranchant de ses paysages les premiers plans où tout doit être distinct, les réduirait à ces lointains où tout est vaporeux, confus et indéterminé ?

Résumons-nous. Le romantisme ne tente pas, du moins quant à présent, de renverser les lois qui régissent notre théâtre; il ne fait pas découler la littérature en général d'un nouveau principe, ne l'établit pas sur de nouveaux fondements, et ne lui donne pas de nouveaux moyens pour une fin nouvelle; il ne l'a pas enrichie d'un genre ignoré jusqu'à lui; et, dans les genres connus, il n'a introduit aucun changement qui en altère la forme, encore moins l'essence. Seulement, il s'attribue en propre ce qui est du domaine commun de l'esprit, et s'imagine avoir découvert ce qu'il n'a fait qu'exagérer ou corrompre. Le romantisme n'est donc rien comme système de composition littéraire; ou plutôt le romantisme n'existe pas, n'a pas une vie réelle. C'est un fantôme qui s'évanouit du moment qu'on en approche et qu'on essaie de le toucher. Cette illusion qui séduit les uns et qui épouvante les autres, a pourtant une cause. Des vapeurs, au moins, ont formé ce météore qui semble grandir et s'avancer vers nous. Ces vapeurs sont le délire de quelques orgueils adolescents, le vertige de quelques coteries enthousiastes, les sophismes de quelques esprits faux, et peut-être aussi les alarmes de quelques esprits timides, trop peu confiants dans la raison et le goût de notre nation. Que voyons-nous aujourd'hui, que l'on n'ait pas déja vu dix fois paraître et disparaître? Tel est le sort d'une littérature arrivée au terme de son entier développement. Les genres ont été reconnus et fixés; on ne peut en changer la nature, ni en augmenter le nombre : on les confond, on les accouple monstrueusement, et l'on croit en avoir créé de nouveaux. Tantôt guidés par d'illustres devanciers, tantôt dirigés par un heureux instinct, nos grands écrivains ont, en chaque genre, ouvert ou suivi le chemin qui conduit à la perfection; marcher sur leurs traces, ce serait affronter, sans gloire, le danger de ne pas les atteindre : on croit y échapper, en essayant de se frayer des routes nouvelles : louable ambition, si elle pouvait être couronnée du succès; témérité malheureuse, lorsqu'il n'y a qu'une bonne

route, hors de laquelle tout est sentiers perdus ou précipices iné-
vitables. Si l'audace manque pour tenter de si périlleux essais, on
se borne à dénaturer tous les caractères de la pensée, à exagérer
tous les moyens de la parole. Le sublime se perd dans les nues,
et devient de l'incompréhensible. La simplicité rampe sur la terre,
et devient de la bassesse ou de la platitude. La sensibilité se change
tantôt en une exaltation fébrile, tantôt en une langueur vaporeuse
et visionnaire. L'originalité elle-même, don précieux et rare, n'est
plus qu'une recette vulgaire, mais sûre, qui consiste à n'écrire
comme personne, ce que personne n'a jamais pensé. Pour y par-
venir, on se crée des procédés, des artifices particuliers de diction,
qui ont le double mérite d'outrager la grammaire et la raison. On
fait des expressions trouvées avec des barbarismes, des tours nouveaux avec des solécismes, et des idées neuves avec des termes
impropres. Certains mots, bizarrement figurés ou violemment dé-
tournés de leur acception ordinaire, véritables tics de langage,
sont reproduits à tout propos, hors de propos surtout, et marquent
d'un sceau ridicule les productions de la nouvelle école. La poésie
n'est pas seule infectée de tous ces vices de la pensée et du style.
La prose elle-même, cette langue du besoin et de la vérité, n'en
est pas long-temps exempte. On la tourmente, on la force, on la
dénature, on la fait dégénérer en un jargon métis, qui perd ses
graces naturelles sous les lambeaux d'une parure empruntée. Voilà
les travers, les écarts où, parmi nous, d'époque en époque, de
jeunes écrivains ont été entraînés par un désir mal réglé de produire de l'effet, et aussi, redisons-le pour leur justification, par
un généreux amour de la célébrité, joint au désespoir modeste d'é-
galer leurs prédécesseurs, en les imitant. Notre nation, grace à
l'excellence de ses qualités naturelles et acquises, a toujours fait
bonne et prompte justice de ces entreprises téméraires. Son esprit,
aussi judicieux que vif, ne peut être long-temps dupe de ce qui
n'est pas fondé sur la raison et avoué par le goût; et l'heureux gé-

nie de sa langue, qui a mérité qu'on dît, *Ce qui n'est pas clair n'est pas français*, ne tarde jamais à repousser l'obscurité ambitieuse, l'impropriété affectée et l'orgueilleuse incorrection.

L'honneur que j'ai de parler au nom de l'Académie française, et, j'oserai le dire, le soin de ma propre considération, éloignaient de moi tout désir de donner à ce discours un caractère d'application directe et particulière, qui pût affliger des personnes, en désignant des écrits. Je n'ai vu que les dangers de la littérature. Je les ai dits, je l'espère au moins, sans exagération, comme sans timidité. Du reste, quel Français, ami des lettres et de la gloire de son pays, ne s'empresserait de reconnaître que, parmi nos jeunes écrivains, parmi ceux-là mêmes que l'indiscrétion d'autrui ou leur propre faiblesse a, si je puis parler ainsi, affublés d'un sobriquet étranger, il en est plusieurs qui ont donné des preuves du talent le plus élevé, le plus brillant et le plus varié ? Il en est quelques autres encore qui sont dignes de marcher à leur suite, et à qui, pour se placer au premier rang, il ne manque que de se défier davantage des séductions de la flatterie, des suggestions de l'amour-propre et des illusions d'un triomphe de coterie. Si je pouvais me croire le droit de leur adresser quelques avis, je leur dirais : Laissez enfin pour morts ces héros de la Grèce et de Rome, que nos poignards tragiques ont épuisés de sang ; faites revivre les personnages des âges chrétiens et chevaleresques : mais gardez-vous d'appliquer à ces sujets d'un temps barbare, les règles d'une poétique plus barbare encore, et n'imitez pas ce peintre de nos jours, qui voudrait représenter les princes et les guerriers du dixième siècle, dans le style gothique des vitraux de leurs chapelles, ou du marbre de leurs tombeaux. Abjurez, il vous est permis, les dieux de l'antique Olympe ; nous convenons avec vous que l'Aurore est bien vieille, et Flore bien fanée ; qu'il y a bien long-temps que Vénus est la déesse de la beauté, et que son fils est un enfant : mais songez que le merveilleux du Christianisme est d'un emploi difficile et périlleux; qu'il est toujours tout près d'offenser la sévérité du dogme ou celle du goût; tout près, en un mot, d'être hétérodoxe ou ridicule. Faites apparaître les fées, les nécromants, les sylphes; ces fictions, qui ne sont pas nouvelles pour nous, puisque les récits de Perrault en ont bercé notre enfance, peuvent avoir de la grace et amuser l'imagination : mais ne prodiguez pas les revenants, les larves, les lamies, les lémures, les vampires, grossières créations de l'ignorance et de la peur. Soyez religieux et graves dans vos écrits; mais ne soyez par éternellement tristes : rappelez-vous que, dans les livres sacrés, tout n'est pas du ton des lamentations de Jérémie, ou des plaintes de Job, et qu'on y trouve aussi des hymnes de bonheur ou des cantiques d'allégresse. Célébrez la religion, chantez aussi l'amour; mais ne mêlez pas indiscrètement les mystères de la foi et ceux de la volupté, les saints ravissements de l'ame et les profanes extases des sens. Peignez la nature avec vérité, mais avec choix, et sans marquer minutieusement ses moindres traits, comme cet artiste sans génie, qui trouve avec raison plus facile de tromper l'œil que de le charmer. Peignez surtout le cœur humain, mais sans recherche et sans exagération: c'est un abîme, dit-on; portez-y la lumière, au lieu d'en épaissir les ténèbres; soyez-en les observateurs, les historiens, les romanciers : mais n'en soyez pas les Lycophrons et les Sphinx. Ayez horreur de cette littérature de cannibales, qui se repaît de lambeaux de chair humaine, et s'abreuve du sang des femmes et des enfants; elle ferait calomnier votre cœur, sans donner une meilleure idée de votre esprit. Ayez horreur, avant tout, de cette poésie misanthropique, ou plutôt infernale, qui semble avoir reçu sa mission de Satan même, pour pousser au crime, en le montrant toujours sublime et triomphant; pour dégoûter ou décourager de la vertu, en la peignant toujours faible, pusillanime et opprimée. Quoi que vous écriviez, enfin, respectez cette langue qui a suffi à l'expression de toutes les pensées et de tous les sentiments, et qu'on ne viole jamais que par l'impuissance de la bien employer. Évitez tous ces excès, toutes ces fautes ; donnez carrière à votre génie, mais en lui laissant le frein salutaire des règles ; et la Littérature française, sans renoncer à donner des lois à l'Europe civilisée, pour aller prendre des leçons des Bructères et des Sicambres ; sans abandonner son climat doux et varié, pour s'enfoncer dans l'atmosphère brumeuse de la Grande-Bretagne ou de la Germanie, pourra voir encore de beaux jours se lever sur elle, et de nouvelles merveilles grossir l'inestimable trésor de ses chefs-d'œuvre.

~~~~~~

Aperçu *d'un Mémoire intitulé : Recherches chronologiques sur l'origine de la hiérarchie Lamaïque; par M.* ABEL-RÉMUSAT, *de l'Académie royale des Inscriptions et Belles-Lettres* (1).

Il ne faut pas s'étonner si ceux qui ont pris l'histoire de l'Asie pour objet principal de leurs études, sont souvent ramenés, dans le cours de leurs recherches, à s'occuper des antiques croyances, et même des opinions superstitieuses de cette partie du monde qui a précédé toutes les autres dans la carrière de la civilisation. On y prend involontairement cet intérêt qu'inspire tout ce qui a pu concourir à l'amélioration des mœurs, au développement des esprits, tout ce qui a contribué à policer les hommes, et à leur donner le goût des travaux paisibles. Peut-être se mêle-t-il aussi

---

(1) Dans un extrait, tel que le comporte une lecture publique, il a été impossible de conserver les preuves et les développements qui auraient montré la solidité de ces *Recherches*. Le mémoire entier, destiné à la collection de l'Académie, contiendra la série chronologique de tous les patriarches de la religion de Bouddha, distribués en trois séries, savoir : 1° les patriarches des Indes, jusqu'à leur passage à la Chine, au 5e siècle de notre ère; 2° les *Maîtres de la doctrine*, résidants à la cour des rois de la Chine et de la Tartarie, jusqu'au 13e siècle; 3° les grands Lamas, dont l'institution est due à l'influence des sectes chrétiennes, depuis le 13e siècle jusqu'à nos jours. Ce mémoire, qui a pour objet l'une des questions les plus importantes de l'histoire orientale, renferme des recherches et des discussions, dont il n'a été possible de donner ici qu'un aperçu très-sommaire et très-superficiel.

4
~~~~~~

a une judicieuse curiosité, quelque chose de ce plaisir que l'on goûte à contempler les erreurs des autres, et des travers dont on se sent exempt. Le spectacle des folies humaines n'est pas entièrement perdu pour les esprits méditatifs ; et comme toutes les nations plongées dans les ténèbres de l'idolâtrie se le sont alternativement donné les unes aux autres, l'innocente satisfaction qu'il procure est une de celles dont on doit le moins craindre de voir tarir la source.

La religion Samanéenne, une des plus célèbres de l'Asie orientale, présente peut-être, à un plus haut degré que toute autre, ces divers avantages réunis. Ceux qui l'ont instituée étaient de ces sages de l'antique Orient, qui aimaient à s'exprimer par énigmes et par symboles, qui dédaignaient de dire raisonnablement des choses raisonnables, et qui, pour rien au monde, n'auraient voulu émettre une vérité, sans l'avoir préalablement déguisée en extravagance. Quelques dogmes très-ingénieux, une morale assez épurée, pouvaient recommander le Bouddhisme auprès des hommes sensés ; mais des fables absurdes devaient surtout lui faire trouver grace aux yeux du vulgaire. Le système mythologique le plus embrouillé qui soit né en Asie, s'y trouve combiné avec des subtilités métaphysiques, telles que jamais aucune école d'Occident n'en a enseigné d'aussi complètement inintelligibles, même depuis cinquante ans. En voilà plus qu'il ne faut pour expliquer les succès qu'il a obtenus chez des nations peu éclairées, et les millions de sectateurs qu'il compte encore aux extrémités de notre continent.

L'une des branches de cette religion, celle qui est établie au Tibet, sous la suprême direction du grand Lama, a excité, sous un autre rapport, la vive curiosité des Européens. Les premiers missionnaires qui en ont eu connaissance, n'avaient pas été peu surpris de retrouver, au centre de l'Asie, des monastères nombreux, des processions solennelles, des pélerinages, des fêtes religieuses, une cour pontificale, des colléges de lamas supérieurs élisant leur chef, souverain ecclésiastique et père spirituel des Tibétains et des Tartares. Mais comme la bonne foi n'était pas moins une vertu de leur temps qu'un devoir de leur profession, ils n'avaient pas même songé à dissimuler des rapports si singuliers, et, pour les expliquer, ils s'étaient bornés à considérer le Lamisme comme une sorte de Christianisme dégénéré, et les traits qui les avaient frappés, comme autant de vestiges du séjour que les sectes Syriennes avaient fait autrefois dans ces contrées (1). Ils oublièrent toutefois une condition essentielle : c'était de déterminer l'âge de cette hiérarchie lamaïque; car rien, dans ce qu'ils en rapportaient, n'autorisait à en placer la naissance plutôt après qu'avant l'ère chrétienne. On croit par fois qu'on peut, sans inconvénient, laisser dans l'obscurité des événements qui ne nous touchent guère; puis il se trouve que ces événements sont liés à des questions du plus haut intérêt. Comme tout se tient dans les affaires humaines, il n'y a pas, en histoire, de vérités indifférentes, ni de faits qu'il ne soit prudent d'éclaircir. L'esprit de système s'empara de ceux-ci; et des assertions émises avec une sorte de mystère, ou accompagnées de certaines réticences, en apparence bénévoles, ont laissé bien des personnes en doute, si la théocratie lamaïque, au lieu d'avoir été formée des débris des sectes chrétiennes établies dans l'Asie orientale, ne serait pas au contraire, le modèle antique et primitif d'après lequel auraient été calquées les institutions du même genre, qui ont pris naissance en différentes parties de l'ancien monde (2). Cette nouvelle suppo-

---

(1) Cette opinion a été soutenue par Thévenot, l'abbé Rénaudot, les pères d'Andrada, Horace de la Penna et Giorgi; par Deguignes, Lacroze et plusieurs autres.

(2) Voyez les notes sur le Voyage du P. d'Andrada, celles qui sont jointes à la traduction française de Thunberg, des *Recherches asiatiques*, et plusieurs autres ouvrages modernes, où l'irréligion a cherché à se couvrir des dehors d'une érudition superficielle et mensongère.

sition n'était pas très-naturelle ; mais elle reportait une origine de plus dans ces montagnes du Tibet, les plus hautes du globe, et d'où l'imagination des savants s'est plu à faire descendre les premiers hommes avec leurs idiomes, leurs arts et leurs croyances. Elle semblait propre à expliquer des conformités surprenantes, et à débrouiller des traditions confuses. D'ailleurs, quand une hypothèse cadre avec de certaines idées très-répandues, on n'a pas assez fait en montrant qu'elle est peu conforme à la vraisemblance, et il est plus sûr d'établir définitivement qu'elle est contraire à la vérité. J'ai donc cru qu'il ne serait pas inutile d'opposer à celle-ci quelques preuves positives ; qu'il pouvait être bon de mettre un terme à toutes ces petites ruses du siècle dernier, à ces vains artifices d'une secte aux abois, et c'est ce qui m'a conduit à rechercher l'origine des grands Lamas, l'époque de cette singulière institution, et les variations qu'elle a subies avant d'arriver à l'état où nous la voyons. La lumière, sur ce sujet, nous est venue du fond de l'Orient, et sans un fragment précieux qui nous a été conservé dans l'Encyclopédie des Japonais, nous serions encore réduits aux notions vagues dont on s'était contenté jusqu'à présent, et que les plus savants missionnaires n'avaient pu dissiper complètement, faute d'avoir connu les textes précis et les faits positifs que des recherches suivies m'ont permis de découvrir.

On sait depuis long-temps (1), que dans l'opinion des Indiens, les ames des hommes et les dieux mêmes sont soumis à la transmigration, et assujettis à se montrer successivement dans l'univers sous des noms différents. Bouddha, ce divin réformateur, qui naquit il y a près de 3,000 ans, dans la personne du législateur Chakia-Mouni, a usé de ce privilége pour perpétuer sa doctrine, et la

____

(1) Voyez sur ce sujet plusieurs détails curieux, dans le Recueil des Lettres édifiantes, et notamment l'ouvrage du P. Paulin de S. Barthelemy, intitulé : *Systema Brahmanicum*.

préserver à jamais de toute altération. En conséquence, à peine
était-il mort, 970 ans avant notre ère, qu'il reparut immédiate-
ment, et devint, lui-même, son propre successeur. Il tira beaucoup d'avantages de cette manière d'agir, et s'y attachant invariable-
ment pour la suite, il ne mourut plus que pour renaître. L'auteur
japonais nous fournit pour l'espace de 1,700 ans, les éléments de
cette généalogie d'un genre tout nouveau, et telle qu'on n'en trouve
de semblable nulle part. Nous avons trouvé ailleurs la preuve que,
suivant les bouddhistes, elle n'a pas cessé de se continuer depuis;
et nous savons aussi que, dans leurs idées, le dieu Bouddha est encore vivant, à présent même, sous le nom de grand Lama, dans la
capitale du Tibet. Nous voilà donc en état de suivre et de complé-
ter la chaîne de cette transmigration : et en traçant plus complètement que n'ont pu le faire les PP. Gaubil et Giorgi, la succession de tous les personnages qui ont paru dans le monde avec la
double qualité de dieux et de pontifes de la religion samanéenne,
nous pourrons noter les changements survenus dans leur condition humaine, car si leur nature divine n'a rien perdu en trente
siècles, suivant l'opinion de leurs sectateurs, leur fortune terrestre
a éprouvé bien des révolutions, comme nous allons le faire voir
en peu de mots.

Les premiers patriarches qui héritèrent de l'ame de Bouddha,
vivaient d'abord dans l'Inde, à la cour des rois du pays, dont ils
étaient les conseillers spirituels, sans avoir, à ce qu'il semble, aucune fonction particulière à exercer. Le dieu se plaisait à renaître
tantôt dans la caste des brahmanes, ou dans celle des guerriers,
tantôt parmi les marchands ou parmi les laboureurs, conformé-
ment à son intention primitive, qui avait été d'abolir la distinction des castes, et de ramener ses partisans à des notions plus saines
de la justice divine et des devoirs des hommes. Le lieu de sa naissance ne fut pas moins varié : on le vit paraître tour-à-tour dans
l'Inde septentrionale, dans le midi, à Candahar, à Ceylan, conser-

vant toujours à chaque vie nouvelle, la mémoire de ce qu'il avait
été dans ses existences antérieures. On sait que Pythagore se res-
souvenait parfaitement bien d'avoir été tué autrefois par Ménélas,
et qu'il reconnut à Argos le bouclier qu'il avait au siége de Troies;
de même un lama qui écrivait en 1774 à M. Hastings, pour lui
demander la permission de bâtir une maison de pierres sur les
bords du Gange, faisait valoir à l'appui de sa demande cette circonstance remarquable, qu'il avait jadis reçu le jour dans les villes
d'Allahabad, de Bénarès, de Patna, et dans d'autres lieux des pro-
vinces de Bengale et d'Orissa. La plupart de ces pontifes, quand ils
se voyaient parvenus à un âge avancé, mettaient eux-mêmes fin aux
infirmités de la vieillesse, et hâtaient, en montant sur un bûcher,
le moment où ils devaient goûter de nouveau les plaisirs de l'enfance. Cet usage, la meilleure preuve de la confiance qu'ils avaient
dans leur propre divinité, s'est transmis jusqu'à nos jours, avec
cette modification essentielle, que les grands Lamas d'aujourd'hui,
au lieu de se brûler vifs comme Calanus et Peregrinus, ne sont livrés aux flammes qu'après leur mort.

Au ve siècle de notre ère, Bouddha, alors fils d'un roi de
Mabar dans l'Inde méridionale, jugea à propos de quitter l'Hindoustan pour n'y plus revenir, et d'aller fixer son séjour à la Chine.
On peut croire que cette démarche fut l'effet des persécutions des
brahmanes, et de la prédominance du système des castes. Le dieu
s'appelait alors *Bodhidharma*; à la Chine où l'on a coutume de
défigurer les mots étrangers, on l'a nommé *Tamo*; et plusieurs
missionnaires qui en avaient entendu parler sous ce nom, ont cru
à tort qu'il s'agissait en cette occasion de saint Thomas, l'apôtre des
Indes. La translation du siége patriarcal fut le premier événement
qui changea le sort du bouddhisme. Proscrit dans la contrée qui
l'avait vu naître, ce système religieux y perdit insensiblement
le plus grand nombre de ses partisans; et les faibles restes auxquels
il est maintenant réduit dans l'Inde, sont encore privés de cette

unité de vues et de traditions, produite jadis par la présence du chef suprême. Au contraire, les pays où le bouddhisme avait précédemment étendu ses conquêtes, la Chine, Siam, le Tonquin, le Japon et la Tartarie, devenus sa patrie d'adoption, virent augmenter rapidement la foule des convertis. Des princes qui avaient embrassé le culte étranger, trouvèrent glorieux d'en avoir les pontifes à leur cour; et les titres de *précepteur du royaume* et de *prince de la doctrine* furent décernés tour-à-tour à des religieux nationaux ou étrangers, qui se flattaient d'être animés par autant d'êtres divins et subordonnés à Bouddha, vivant sous le nom de patriarche. C'est ainsi que la hiérarchie naquit sous l'influence de la politique; car les grades de toutes ces divinités à forme humaine ne furent souvent réglés que par la puissance des états où elles résidaient, et la prépondérance effective du protecteur pouvait seule assurer au Bouddha vivant la jouissance de sa suprématie imaginaire.

Pendant huit siècles les patriarches furent ainsi réduits à une existence précaire et dépendante, et c'est durant cette période de confusion et d'obscurité que le fil de la succession avait dû échapper à toutes les recherches de l'histoire. Les *maîtres du royaume* formaient l'anneau inaperçu qui rattachait aux anciens patriarches des Indes la chaîne des modernes pontifes du Tibet. Ceux-ci durent l'éclat dont ils brillèrent au xiii° siècle, aux conquêtes de Tchingkiskhan et de ses premiers successeurs. Comme jamais aucun prince d'Orient n'avait gouverné d'aussi vastes régions que ces potentats dont les lieutenants menaçaient à la fois le Japon et l'Égypte, Java et la Silésie, jamais aussi titres plus magnifiques n'avaient été conférés aux *maîtres de la doctrine*. Le Bouddha vivant fut élevé au rang des rois; et comme le premier qui se vit honoré de cette dignité terrestre était un Tibétain, on lui assigna des domaines dans le Tibet; et le mot de *Lama* qui signifiait *prêtre* dans sa langue, commença, en lui, à acquérir quelque célébrité. La fondation du grand siége lamaïque de Poutala n'a pas d'autre origine que cette circonstance tout-à-fait fortuite, et elle ne remonte pas à une époque plus reculée. Selon Voltaire, il est *certain* que cette partie du Tibet où règne le grand Lama, était enclavée dans l'empire mongol, et que le pontife ne fut point inquiété par Tchingkis. Il donne même pour cette conduite des raisons très-plausibles, et Tchingkis-khan était assez bon politique pour les avoir senties; mais ce prince n'eut pas occasion d'exercer la déférence qu'on lui attribue pour le grand Lama, parce que, de son temps, il n'y avait point encore de grand Lama au Tibet. Le premier qui en posséda le rang, l'obtint du petit-fils du conquérant, trente-trois ans après la mort de ce dernier, et le titre même de grand Lama est postérieur de près de deux siècles aux événements dont parle Voltaire. Qu'on examine de même les allégations relatives à l'Inde dont il aimait à étayer ses opinions systématiques : le plus souvent on les trouvera ou contredites par la chronologie, ou positivement démenties par les faits. C'est une observation qu'il est bon de ne pas perdre de vue en lisant la *Philosophie de l'histoire* et l'*Essai sur les mœurs*, et qui peut s'étendre à bien d'autres objets que les traditions des Indiens.

A l'époque où les patriarches bouddhistes s'établirent dans le Tibet, les parties de la Tartarie qui avoisinent cette contrée étaient remplies de chrétiens. Les Nestoriens y avaient fondé des métropoles et converti des nations entières. Plus tard les conquêtes des enfants de Tchingkis y appelèrent des étrangers de tous les pays, des Géorgiens, des Arméniens, des Russes, des Français, des Musulmans envoyés par le khalife de Bagdad, des moines catholiques chargés de missions importantes par le souverain pontife et par saint Louis. Ces derniers portaient avec eux des ornements d'église, des autels, des reliques, *pour veoir*, dit Joinville, *se ils pourraient attraire* ces gens *à nostre créance*. Ils célébrèrent les cérémonies de la religion devant les princes tartares. Ceux-ci leur donnèrent asile dans leurs tentes, et permirent qu'on élevât des chapelles jusque dans l'enceinte de leurs palais. Un archevêque italien, établi dans la ville impériale par ordre de Clément V, y avait bâti une église, où trois cloches appelaient les fidèles aux offices, et il avait couvert les murailles de peintures représentant des sujets pieux. Chrétiens de Syrie, romains, schismatiques, musulmans, idolâtres, tous vivaient mêlés et confondus à la cour des empereurs mongols, toujours empressés d'accueillir de nouveaux cultes, et même de les adopter, pourvu qu'on n'exigeât de leur part aucune conviction, et surtout qu'on ne leur imposât aucune contrainte. On sait que les Tartares passaient volontiers d'une secte à l'autre, embrassaient aisément la foi, et y renonçaient de même pour retomber dans l'idolâtrie. C'est au milieu de ces variations que fut fondé au Tibet le nouveau siége des patriarches bouddhistes. Doit-on s'étonner qu'intéressés à multiplier le nombre de leurs sectateurs, occupés à donner plus de magnificence au culte, ils se soient approprié quelques usages liturgiques, quelques-unes de ces pompes étrangères qui attiraient la foule; qu'ils aient introduit même quelque chose de ces institutions de l'Occident que les ambassadeurs du khalife et du souverain pontife leur vantaient également et que les circonstances les disposaient à imiter? La coïncidence des lieux, celle des époques autorisent cette conjecture, et mille particularités que je ne puis indiquer ici la convertiraient en démonstration.

La dynastie qui détrôna les Mongols sembla vouloir l'emporter sur eux en zèle et en vénération pour les pontifes tibétains. Les titres qu'ils obtinrent alors devinrent de plus en plus fastueux. Ce fut le *grand roi de la précieuse doctrine, précepteur de l'empereur, le dieu vivant, resplendissant comme la flamme d'un incendie.* Huit rois, esprits subalternes, formèrent son conseil sous les noms de *roi de la miséricorde, roi de la science, roi de la conversion,* etc., titres qui feraient concevoir la plus haute idée de leurs vertus et de leurs lumières, s'ils devaient être pris au pied de la lettre. Alors seulement, vers l'époque du règne de François Ier, naquit ce titre encore plus magnifique de Lama pareil à l'Océan, en mongol *dalaï lama*, par lequel on entend, non pas sa domination effective, qui n'a jamais été ni très-étendue, ni complètement indépendante, mais l'immensité de ses facultés surnaturelles, qui n'inspirent pas de jalousie aux princes chinois et tartares, et qu'ils ne font nulle difficulté de lui reconnaître même en le persécutant.

Les grands lamas des divers ordres, et leurs vicaires ou patriarches provinciaux, tantôt soumis et tantôt réfractaires, avaient entre eux de fréquentes altercations, et de perpétuels sujets de mésintelligence. Leurs prétentions étaient alternativement favorisées et combattues par les chefs des tribus tartares établies dans le Tibet et les pays voisins. Rien n'était plus difficile que de rétablir l'ordre ou d'entretenir la concorde entre tant de personnages jaloux de leurs droits. Les empereurs mandchous, dont la puissance née dans le xviie siècle devait en peu de temps s'étendre sur toute l'Asie orientale, avaient échoué d'abord dans cette œuvre difficile. Depuis ils ont eu recours à des arguments plus efficaces. Leurs armées ont pénétré dans le Tibet, des garnisons ont occupé les positions les plus importantes, et des commandants militaires ont été chargés du soin de maintenir la paix entre les habitants de ce nouvel Olympe. Le chef suprême des lamas se trouve ainsi confondu parmi les moindres vassaux de l'empereur de la Chine. On se rappelle ce décret dédaigneusement rendu par les Lacédémoniens : *Puisque Alexandre veut être dieu, qu'il soit dieu !* C'est avec un respect non moins dérisoire que le ministère des rites autorise le grand Lama à prendre le titre de *Bouddha vivant par lui-même, excellent roi du ciel occidental, dont l'intelligence s'étend à tout, dieu suprême et sujet obéissant.* Au temps où plusieurs princes se faisaient la guerre dans le Tibet, on avait vu plus d'un

grand lama jouet de leurs querelles, arraché de son trône, privé
de ses honneurs ou même inhumainement livré aux flammes. Ils
ne sont plus en butte à de pareils excès, mais ils n'en sont pas
moins exposés à l'abus de la force : seulement on les adore encore,
même en les opprimant; et la civilité chinoise brille jusque dans
les attentats dont ils peuvent devenir victimes. Un des principaux
lamas ayant encouru la disgrace de Khian-loung, se vit obligé,
malgré sa répugnance, à venir faire un voyage à la cour. L'empereur l'y accueillit avec des honneurs extraordinaires, jusqu'à
envoyer au-devant de lui son fils aîné, porteur de présents magnifiques. A peine le lama, charmé d'une si belle réception, était-il
installé dans le monastère où l'on avait tout préparé pour son séjour, qu'il tomba malade, et qu'au bout de quelques jours *il changea tout-à-coup de demeure;* c'est l'expression usitée en pareille
circonstance. Les médecins du palais, que la bonté de l'empereur
avait chargés de donner des soins au lama, n'eurent pas le moindre
scrupule sur la nature de sa maladie. Toutefois l'empereur jugea à
propos d'écarter tous les soupçons, et dans une lettre, assez peu
propre à remplir cet objet, il fait cette réflexion, que *l'aller et le
venir n'étaient qu'une même chose pour le lama;* ce qui veut dire
qu'étant mort à Péking, il devait lui être indifférent de renaître
dans le Tibet, et qu'il avait eu de moins la fatigue du retour. L'enfant qui hérita de l'ame du pontife voyageur est ce même lama près
de qui M. Turner eut une mission diplomatique à remplir en 1783.
Les signes auxquels on reconnaît cette espèce de transmission ne
sont pas à l'abri de la dispute, car, dans le moment où nous par-
lons, ils sont l'objet d'un débat entre les lamas supérieurs et la
cour de Péking : les Tibétains prétendent que le dernier grand lama
a légué son ame à un enfant né dans le Tibet; et les ministres tartares, au contraire, croient être assurés que le pontife défunt est
déja *rené* dans la personne d'un jeune prince de la famille impériale, circonstance qu'ils regardent comme infiniment heureuse

5.

pour les intérêts de la religion samanéenne, et surtout comme très-conforme à la politique de la dynastie régnante.

Obligé de me borner à un aperçu bien sommaire d'un mémoire purement chronologique, je n'ai dû rechercher que des dates et des successions, sans pouvoir m'attacher à recueillir des traits plus propres à caractériser ces superstitions méridionales que les lamas ont naturalisées dans le Tibet. Les pratiques qu'ils y ont jointes, et dont quelques-unes surpassent tout ce que l'Asie a produit de plus ridicule en ce genre, sont justement ce qu'il y a de mieux connu par les relations des voyageurs, et je me crois tout-à-fait dispensé de les rappeler. Ce qu'il serait injuste de passer sous silence, ce sont les services rendus à l'humanité par la religion bouddhique, et plus particulièrement par la branche que les lamas ont portée dans les pays du nord. La réforme samanéenne eût été un grand bienfait politique pour les habitants même de l'Indoustan, si elle avait pu prévaloir parmi eux sur le culte des brahmanes, de ces mortels si sages qui n'enseignent que des folies, qui craignent d'écraser un insecte, et qui tolèrent les sacrifices humains; défenseurs intéressés d'un ordre de choses où non-seulement les rangs, les dignités, les avantages de la vie sociale, mais les péchés et les mérites, les châtiments du vice et les récompenses de la vertu, sont, depuis trois mille ans, subordonnés à une classification fantastique, héréditaire et irrévocable. Moins entichés d'observances puériles et de préjugés barbares, les bouddhistes ont permis l'usage de la chair des animaux, mais ils ont rappelé l'homme à la dignité qu'il tient de son Créateur; ils ont eu moins de respect pour les vaches et les éperviers, mais ils ont montré plus de commisération pour les artisans et les laboureurs. Hors des limites de la région arrosée par les rivières saintes, le salut des humains est impossible, suivant les brahmanes, et il est même inutile de s'en occuper. C'est justement dans ces climats déshérités des influences célestes, que la religion de Bouddha est allée répandre des principes généreux et salutaires, applicables à tous les peuples et à tous les pays. C'est elle qui a policé les pâtres du Tibet, et adouci les mœurs des Nomades de la Tartarie. Ce sont ses apôtres qui, les premiers, ont osé parler de morale, de devoirs et de justice aux farouches conquérants qui venaient d'envahir et de dévaster l'Asie. Au temps de Tchingkis, une égale férocité distinguait les nations de race turque et mongole, que la force avait momentanément réunies sous ses lois. Les premières sont toutes restées attachées à l'Islamisme, et le fanatisme d'un culte intolérant n'a fait que renforcer leurs habitudes turbulentes et leur disposition au carnage et à la rapine. Au contraire, les nations mongoles ont successivement embrassé le culte lamaïque, et le changement qui s'est opéré dans leurs mœurs doit principalement être attribué à cette circonstance. Aussi pacifiques maintenant qu'ils étaient autrefois remuants et indociles, ils se livrent exclusivement au soin des troupeaux. On a vu chez eux des monastères, des livres, des imprimeries, et il n'y a pas quatre-vingts ans qu'une riche bibliothèque, formée par ces barbares, et qui avait échappé aux ravages de leurs guerres civiles, fut dispersée et détruite par trente Cosaques, que de savants académiciens y avaient envoyés pour faire des recherches d'histoire et de littérature. Beaucoup de Mongols, livrés à la vie contemplative et aux méditations philosophiques, ont éprouvé cette influence énervante, née du climat de l'Hindoustan, et que communique, même aux habitants du Nord, la religion paisible, originaire de cette contrée ; car il ne faut pas oublier que le samanéisme est un culte voyageur, qui a pris naissance dans le midi, et qui pour pénétrer au nord du grand Caucase, n'a pas même pris le chemin le plus court. C'est toutefois un hasard singulier, et qui excuse les méprises des savants à cet égard, que ces montagnes du Tibet, cet Olympe des fables indiennes, séjour des dieux, où le Gange prend sa source, et que mille fictions brillantes ont rendues célèbres dans les souvenirs des Hindous, soient devenues effectivement la terre sacrée, où l'une des religions sorties de leur imagination a formé son plus solide établissement, et enfanté ses prodiges les plus réels. Les crédules pélerins, partis de Bénarès ou de Ceylan peuvent gravir ces monts presque inaccessibles, et, se livrant à une illusion superstitieuse, honorer la personne de ce même Dieu, que leurs ancêtres ont exilé de son climat natal, et que la succession des événements a ramené, par mille révolutions, dans le lieu même où l'antique mythologie avait placé son berceau.

Extrait *d'un rapport sur l'état de l'Histoire naturelle et sur ses accroissements depuis le retour de la paix maritime; par M. le Baron* CUVIER, *Secrétaire perpétuel de l'Académie royale des Sciences, pour les sciences naturelles.*

Le plus bel hommage et le tribut le plus naturel que dans cette fête nationale l'académie des sciences puisse offrir à son protecteur, c'est sans doute le tableau des progrès que font chaque jour les branches de savoir qu'elle cultive. Elle en saisit l'occasion avec d'autant plus d'empressement, que c'est aussi pour elle le moyen de remplir un autre devoir : celui de rendre justice aux hommes dont le courage et les pénibles travaux étendent ainsi le domaine de l'esprit.

Déja l'année dernière mon collègue vous a entretenus des découvertes mathématiques les plus récentes. Dans l'impossibilité où je serais de parcourir aussi complètement, pendant le peu d'instants qui me sont accordés, le champs immense des sciences physiques, j'ai cru pouvoir me restreindre pour cette fois à la partie de ces sciences que la guerre semblait avoir condamnées à une sorte de repos, et qui, rendues à une activité nouvelle par la liberté des communications, nous ont donné déja et nous promettent encore des moissons extraordinaires. C'est un choix qui m'a semblé particulièrement convenable pour la célébration du jour qui nous a rendu la paix.

Dès l'origine des sociétés, l'on voit les conducteurs des nations leur recommander de connaître et de distinguer les êtres natu-

rels. Nos livres saints, à leur début, nous représentent le Créateur
faisant passer ses ouvrages sous les yeux du premier homme, et lui
ordonnant de leur imposer des noms : heureuse allégorie qui nous
enseigne assez clairement que l'un de nos premiers devoirs est de
nous pénétrer de la bonté et de la sagesse de l'auteur de la nature, par une étude suivie des œuvres de sa puissance.

Ce devoir, comme tous les autres, est dans l'homme un sentiment inné : l'on en retrouve la trace dans l'opinion des peuples à
toutes les époques de l'histoire.

Les Hébreux en font entrer l'accomplissement dans les mérites
de celui de leurs rois qu'ils nous présentent comme l'idéal de la
sagesse humaine.

Cet autre idéal de toutes les grandeurs, Alexandre, a indissolu-
blement lié sa mémoire à celle d'Aristote ; et même c'est par ce
concours du plus heureux des guerriers et du plus grand des philosophes que commence l'histoire de notre science.

Des concours semblables ont marqué les époques de ses plus
brillants progrès. Les rois que l'histoire de France cite avec le plus
d'orgueil, saint Louis, François Ier, Henri IV et Louis XIV, sont pré-
cisément ceux qui ont mis le plus d'attention à les protéger. A
leurs grands noms s'associent, à quelques égards, les noms mo-
destes des Rubruquis, des Vincent de Beauvais, des Belon, des
Tournefort et des Plumiers. Ils ont semblé se souvenir que de tant
de monuments élevés à Alexandre, les ouvrages d'Aristote sont le
seul qui ait été durable.

C'est que l'histoire naturelle, en effet, est du nombre des sciences
où le génie serait impuissant, s'il n'était secondé par le pouvoir ;
mais les efforts du pouvoir y seraient vains à leur tour, si le génie
ne savait en coordonner les résultats.

Ces noms qu'il est prescrit à l'homme d'imposer, ne sont pas
des signes incohérents appliqués au hasard à quelques objets isolés.
Pour qu'ils deviennent réguliers et significatifs, ils exigent, comme

il est dit, que les êtres aient passé devant le nomenclateur : c'est-
à-dire qu'il les ait comparés ; qu'il en ait saisi les rapports de res-
semblance et de différence ; qu'il les ait classés ; ce qu'il ne peut
faire s'il ne les a vus ensemble, et s'il ne les a étudiés à fond. Pour
bien nommer enfin, en prenant ce mot dans toute sa force, non-
seulement il faudrait bien connaître : on pourrait dire qu'il faudrait
tout connaître. La superstition des cabalistes croyait au pouvoir
magique des noms : c'était une fausse conséquence d'un principe
très-vrai ; c'est que s'ils étaient parfaits, ils représenteraient l'ensemble des choses et leur essence.

Tel est l'objet de cette partie de la science que des esprits légers
voulaient condamner au mépris sous le nom de nomenclature. Il
suffirait pour leur répondre, de cette condition fondamentale que
nous venons d'énoncer : *pour bien nommer, il faut bien connaître.*
Or, ces êtres et ces parties d'êtres qu'il faut connaître, c'est par
millions qu'on les compte ; et ce n'est pas tout encore que de les
connaître chacun isolément ; ils sont soumis à un ordre, à des rapports mutuels qu'il faut apprécier aussi : car c'est d'après cet ordre,
d'après ces rapports qu'ils ont chacun leur rôle à remplir ; qu'ils
disparaissent chacun à son terme ; qu'ils renaissent toujours semblables, toujours dans les mêmes proportions relatives, et avec les
forces et les facultés nécessaires pour le maintien de ces proportions et de l'ensemble de ce perpétuel tourbillon. Non-seulement
chaque être est un organisme, l'univers tout entier en est un, mais
bien des millions de fois plus compliqué ; et ce que l'anatomiste
fait pour un seul animal, pour le petit monde, comme disaient les
philosophes mystiques du moyen âge, c'est au naturaliste à le
faire pour l'animal universel, pour le jeu de cette effrayante
agrégation d'organismes partiels.

Heureusement l'intelligence humaine a aussi une puissance or-
ganisatrice dont une sorte d'instinct l'entraîne à faire usage. C'est
comme malgré lui que l'observateur classe, qu'il nomme, qu'il

rapproche , qu'il distingue; tout comme c'est d'instinct et presque sans y songer, que les peuples les plus grossiers se créent un langage soumis à des règles, et où l'on croirait qu'a présidé une analyse philosophique.

Mais dans les méthodes comme dans les langues il peut y avoir des degrés infinis et pour l'étendue et pour la justesse, et même pour cette qualité plus facile à sentir qu'à définir, que dans les sciences comme dans les ouvrages de l'art on nomme l'élégance.

Les anciens n'en essayèrent point de générale, et deux siècles déja s'étaient écoulés depuis la renaissance des lettres avant que l'on osât en proposer une. Linnæus le premier ne fut point effrayé de cette immense entreprise; aussi vit-il son courage recevoir les plus belles récompenses. La sagacité de ses distributions, la précision de sa terminologie, cette généralité même de son système, le firent presque généralement reconnaître pour dictateur. Une foule de jeunes gens, enrôlés sous ses drapeaux et ne jurant que par lui, se dispersa sur le globe, et, comme l'a dit un écrivain ingénieux, interrogea partout la nature en son nom. En dix années sa nomenclature était devenue un langage universel et obligé.

Cependant son édifice reposait encore sur des bases ruineuses. Ne s'étant pas fait des idées suffisantes de l'innombrable quantité des espèces qui peuplent la surface du globe, il avait pensé que des définitions courtes suffiraient pour les distinguer, et des caractères pris uniquement de leur configuration extérieure pour les distribuer; et sur cette confiance, ses élèves crurent retrouver ses espèces et ses genres, toutes les fois qu'ils crurent pouvoir appliquer ses phrases. De là naquirent des méprises et des embarras inextricables. Tant qu'il vécut, son autorité sut y mettre un terme; mais lorsque le maître manqua, l'anarchie s'empara de la nomenclature, et la langue universelle redevint promptement la langue de la confusion.

A la vérité, Buffon , Daubenton et Pallas avaient ouvert de meil-

leures voies, en donnant des modèles de descriptions plus complètes; et Jussieu avait montré combien de rapports plus délicats et
plus nombreux doit saisir quiconque prétend distribuer les êtres
d'une manière qui satisfasse l'esprit. Mais c'est toujours une révolution à faire que de changer des habitudes devenues générales; et
les révolutions les plus nécessaires n'arrivent pas sans quelque circonstance que souvent il faut long-temps attendre.

C'est en cette occasion que l'on a le mieux vu comment tout sert
aux sciences, même les retards et les contrariétés qu'elles paraissent éprouver. Les événements qui ont troublé le monde, et tari
momentanément pour l'histoire naturelle ses sources extérieures
de richesses, l'ont obligée de se replier sur elle-même, et de faire
de ce qu'elle possédait une étude nouvelle, plus féconde que n'auraient pu l'être les courses les plus heureuses. Pendant ce repos ap-
parent, toutes les parties de la méthode ont été approfondies; l'intérieur des êtres a été pénétré; jusqu'aux minéraux se sont vus
démembrés et réduits à leurs éléments mécaniques; une analyse
plus intime encore en a été faite par une chimie perfectionnée; la
terre elle-même, dans cet intervalle, a été, si on peut le dire, dis-
séquée par les géologistes; ses profondeurs ont été sondées; l'ordre
de superposition des couches qui forment son enveloppe reconnu.
A défaut de contributions étrangères, l'intérieur du sol sur lequel
nous marchons devenait le tributaire de la science. Les êtres dont il
renferme les restes reparaissaient au jour, et révélaient une histoire
naturelle antérieure à celle d'aujourd'hui, différente dans ses formes, et cependant soumise à des lois toutes semblables, ce qui
donnait à ces lois un genre de sanction auquel personne ne se serait
attendu. Les botanistes n'accumulaient pas autant de plantes dans
leurs herbiers, mais la loupe en main démontraient de plus en plus
la structure intime du fruit, de la graine, les divers rapports qui
lient les parties de la fleur, et les indications que ces rapports
fournissent pour une distribution naturelle. Ce qu'il y a de plus

délié dans le tissu des corps organiques était manifesté ; la médecine et la chimie réunissaient leurs efforts pour apprécier dans ses plus petits détails l'action des éléments extérieurs sur l'être vivant. Les diverses combinaisons d'organes, ou ce qu'on appelle les différentes classes, les différents genres, n'étaient pas moins étudiés que les théories générales. Il n'était point de si petits animaux dont l'intérieur dévoilé par l'anatomie ne fût aussi bien connu que le nôtre. Chacun des systèmes organiques était soumis de même à un examen spécial. Le cerveau, marque du degré des facultés intellectuelles ; les dents, signes de la nature et de l'énergie des forces digestives ; le système osseux surtout qui est le soutien de tous les autres, et qui détermine les formes d'ensemble des animaux, étaient suivis jusque dans les plus petites espèces et dans leurs plus petites parties. M. Geoffroy Saint-Hilaire s'attachait à montrer l'identité du plan sur lequel la nature a formé les animaux vertébrés. Les formes les plus disparates ne parvenaient point à se soustraire à son esprit de comparaison, et dans les monstres eux-mêmes il retrouvait encore les traces de chaque point d'ossification.

On comprend qu'après de pareilles études il ne pouvait plus être question de méthodes extérieures et artificielles. La vieille histoire naturelle avait cessé de régner. Ce ne fut plus elle, mais une science pleine de vivacité et de jeunesse, armée de moyens tout nouveaux, qui vit la paix lui rouvrir l'univers. Son énergie a témoigné de cette renaissance. De tous les pays civilisés, une jeunesse ardente s'est élancée vers les climats lointains. Ni les glaces du pôle, ni les marais pestilentiels de la zone torride, ni les cruautés des peuples barbares ne l'ont effrayée. Qui ne se rappelle les souffrances endurées trois fois par les compagnons de Ross et de Parry ? les horreurs auxquelles ceux de Franklin ont été en proie ? la destruction complète, absolue, par la maladie, de tous les hommes de l'expédition du capitaine Tuckey sur le Zaïre ? Et que de victimes partielles ! Déja Péron et Delalande sont tombés, presque en touchant le sol de la patrie, des suites de leurs fatigues dans des climats brûlants. Havet a expiré au moment où il mettait le pied sur le rivage de Madagascar, cette terre de promission des naturalistes, comme l'appelait Commerson, mais cette terre dont l'approche semble être défendue par la contagion, le plus cruel des monstres. Godefroy a été assassiné dans une insurrection des ignares habitants de Manille contre les étrangers qu'ils supposaient leur avoir apporté le cholera-morbus. Duvaucel, dangereusement blessé par les bêtes féroces sur les bords du Gange, a été long-temps sur un lit de douleur.

Ce dévouement n'a pas été renfermé dans la jeunesse. Noël de La Morinière, à qui son âge et ses travaux antérieurs donnaient tant de droits au repos, n'a point hésité à saisir l'occasion de visiter la Norwège et la Laponie. Le froid du cap Nord l'a fait périr à Drontheim d'une inflammation au cerveau.

Les étrangers aussi ont eu leurs martyrs de l'histoire naturelle. L'aventurier Badia assassiné sur le chemin de la Mecque, le jeune et intéressant Ritchie périssant dans l'abandon au Fezzan, Kuhl succombant au climat contagieux de Batavia, n'ont pas refroidi leurs successeurs : partout ils ont été remplacés. Tout récemment encore le brave et spirituel Bowdich, guidé seulement par l'espérance, allait s'enfoncer encore dans cette Afrique intérieure sur laquelle il nous avait donné de si curieux renseignements. Il était accompagné de sa jeune femme pleine de graces et de talents, qui s'était préparée ainsi que lui par de longues études à cette nouvelle entreprise. Tout semblait promettre les plus beaux résultats. A peine arrivait-il à la Gambie, que la mort a fait évanouir ses projets et l'attente des amis des sciences. Mais ce n'est qu'au prix du danger ou de la souffrance, qu'en tout genre est la gloire. La science, comme la victoire, choisit à des conditions dures ceux qu'elle enregistre dans ses fastes.

Heureusement il est aussi des succès qui consolent et qui encouragent. Plusieurs expéditions maritimes en sont d'éclatants exemples. Il n'est plus de nation chrétienne qui n'en commande, et qui ne se fasse un honneur de contribuer ainsi pour sa part aux acquisitions de l'histoire naturelle et de la géographie. Bien plus, le zèle de simples particuliers ne se croit plus au-dessous de pareilles dépenses. Après le voyage autour du monde de l'amiral russe Krusenstern, qui déja avait fort enrichi la zoologie et la géographie, on a vu M. le comte Romanzof expédier à ses frais le capitaine Kotzebue, et cette expédition n'a pas moins fructifié que l'autre. Qui aurait imaginé rien de semblable il y a 130 ans, lorsque Pierre-le-Grand construisait sur un lac sa première frégate?

Parmi nos Français, le capitaine Freycinet a été particulièrement utile à la physique et à l'astronomie, et malgré son naufrage il a rapporté une foule d'objets précieux recueillis par ses officiers de santé, MM. Quoi, Gaymard et Gaudichaux. L'Europe savante va bientôt en jouir par l'attention qu'a eue le Gouvernement d'en ordonner la publication; et nous en faisons à bon droit un sujet de louanges; car trop souvent après avoir commandé à grands frais un voyage, on a refusé au retour la légère dépense qui eût suffi pour en rendre les produits utiles au publics. MM. Milius et Philibert ont peuplé nos serres de beaucoup de végétaux de la zone torride. Déja ce que nous apprenons de l'expédition du capitaine Duperrey pique notre curiosité et encourage nos espérances. Ainsi tout annonce que notre marine ne restera en arrière d'aucune autre en résultats brillants, non plus qu'en science et en courage.

Cependant une méthode bien moins dispendieuse, et encore plus fructueuse pour ce qui concerne l'histoire naturelle proprement dite, a été conçue et mise en pratique, depuis l'époque dont nous traitons, par quelques gouvernements.

De jeunes naturalistes sont allés s'établir en différents climats, et, du point central qu'ils avaient choisi, faisant chasser ou pêcher dans toutes les directions, leurs récoltes ont été beaucoup

plus productives que s'ils n'eussent fait que toucher momentané-
ment à quelques ports. C'est ainsi que l'Autriche a envoyé au
Brésil MM. Mikan et Schott; la Bavière, MM. Spix et Martius; la
Prusse, MM. Dolfers et Sello; que le gouvernement des Pays-Bas
a entretenu successivement à Java MM. Reinward, Kuhl et Van
Hasselt.

Le roi de France a mis autant de suite que de munificence
à favoriser ce genre d'établissements, et ses vues ont été parfaitement secondées par les ministres qui ont occupé les dépar-
tements de l'intérieur et de la marine. Partout la France a eu ses
envoyés scientifiques, et la guerre elle-même n'a pas interrompu
cette nouvelle diplomatie. M. Delalande, le premier, s'est rendu
au Brésil; et il y a préludé, par des collections déja très-belles, à
celles qu'il a faites ensuite au cap de Bonne-Espérance. MM. Diard
et Duvaucel conduits d'abord par leur zèle, mais trouvant partout
la protection la plus généreuse, ont recueilli immensément d'objets au Bengale et dans les îles de la Sonde; à Sumatra surtout,
qui avant eux n'avait rien envoyé à nos cabinets d'Europe. M. Léchenaud, pendant cinq années de séjour à la côte de Coromandel,
n'a presque rien laissé à connaître des productions de ce pays si
riche. Il vient de partir pour l'Amérique méridionale, et déja nous
sommes informés qu'il y a repris ses travaux avec une nouvelle
ardeur. M. Fontanier est à Téflis, en Géorgie, chargé de réunir les
productions du Caucase; recherche dans laquelle il est secondé par
M. Gamba, consul de France dans cette ville. M. Caillaud, parmi
ses découvertes en Nubie et jusque dans le voisinage de l'Abyssi-
nie, en a fait qui intéressent l'histoire naturelle non moins que
l'antiquité. Elles complètent celles que nous devions aux savants
engagés dans une expédition mémorable. M. Milbert et M. Le-
sueur ont parcouru les États-Unis; M. Happel Lachesnaye a sé-
journé à la Caroline et à la Guadeloupe; déja M. Moreau de Jon-
nès avait fait, pendant la guerre, des observations importantes à la
Martinique; M. Peley a visité plusieurs des Antilles, et a touché à

la terre-ferme; de tous ces lieux , des plantes et des animaux en quantité considérable sont arrivés au Muséum. M. Milbert, surtout, artiste distingué, qui déja avait accompagné Baudin jusqu'à l'île de France, excité par M. Hyde de Neuville, notre ambassadeur aux États-Unis, a mis dans ses recherches une persévérance inouie, et expédié près de soixante envois. Sans avoir été d'abord un naturaliste de profession, c'est un des hommes à qui l'histoire naturelle devra le plus de reconnaissance.

C'est, au contraire, après s'y être préparé par les études et les méditations de plusieurs années, que M. Auguste Saint-Hilaire a visité le Brésil. Botaniste profond, et savant naturaliste dans tous les genres, pendant les cinq ans qu'il y a passés il a rassemblé de grandes collections d'animaux, de minéraux, et surtout de plantes; magnifique supplément à celles que M. de Humboldt avait faites quelques années plus tôt au Mexique, au Pérou et dans la Colombie, et dont ce savant universel avait déja tiré un parti si étonnant.

Cette passion de la science a pénétré jusque dans les rangs les plus élevés de la société. Le prince Maximilien de Neuwied n'a été surpassé par personne ni en courage, ni en patience, ni par le nombre et l'intérêt des objets qu'il a rassemblés au Brésil. Le prince Paul Guillaume de Wurtemberg, parti de l'Europe à 23 ans, remontant jusque vers le haut Mississipi et les grands lacs, se confiant aux peuplades les plus sauvages, a exploré les parties centrales de l'Amérique du Nord, plus complètement qu'elles ne l'avaient jamais été. Ce que l'on sait déja de ses découvertes excite le plus vif desir de les voir bientôt publier.

Les commerçants eux-mêmes ne dédaignent plus ce genre de richesses. Il en est qui, à côté de leurs livres de compte, tiennent des journaux de leurs observations scientifiques. M. Dussumier, jeune négociant et armateur de Bordeaux, qui a fait plusieurs voyages à la Chine, n'a jamais manqué d'apporter chaque fois son tribut au cabinet du Roi. On y attend ses retours, et on les y note comme à la douane ou à la bourse.

Depuis long-temps les naturalistes demandaient en vain des notions exactes sur les grands cétacées, qu'il est si difficile d'examiner, et encore plus de placer dans nos cabinets. C'est un armateur, le capitaine Scoresby, qui les leur a fournies, et aussi complètes, aussi précises qu'ils auraient pu les faire.

Par une révolution dans les esprits, entièrement de la même nature, les établissements européens dans les deux mondes deviennent aujourd'hui des foyers de lumières qui rivalisent avec la vieille Europe. Il n'y a rien parmi nous de mieux exécuté que les histoires des serpents et des poissons du Bengale de M. Patrice Russel, et que celle des poissons du Gange de M. Hamilton Buchanan, dont les figures ont été dessinées par des indigènes. M. Dussumier a fait faire à Canton, par des peintres chinois, des dessins de plantes que ne renieraient pas les élèves de M. Redouté. Les oiseaux des États-Unis de M. Wilson, dessinés, gravés et imprimés dans le pays, et par des artistes du pays, ne le cèdent point à nos plus beaux recueils, et il n'y a aucune différence pour la solidité et l'authenticité entre les descriptions que nous envoient les natifs de ces grandes colonies, les Barton, les Mitchill, et celles que nous pourrions y rédiger. Le jardin de la compagnie anglaise des Indes à Calcutta, sous la direction de M. Wallich, est devenu aussi grand et aussi beau qu'aucun des nôtres, en même temps qu'il les surpasse tous par la facilité qu'y donne le climat d'y élever et d'y étudier cette magnifique végétation des pays chauds, dont nous ne voyons en Europe que de maigres échantillons.

La noble libéralité avec laquelle les savants des diverses nations se communiquent ce qu'ils possèdent, ajoute encore à la rapidité de ces progrès de la science. On voit déja dans le Muséum de Paris, et les objets recueillis l'année dernière par les Anglais près

du pôle nord, et ceux qu'ils viennent d'obtenir de leurs nouvelles
découvertes à Botany-Bay. On y possède des échantillons de tous
les fossiles qui se déterrent dans la Grande-Bretagne, en Allemagne, en Italie. Java n'a rien fourni aux Hollandais dont nous n'ayons
joui bientôt après. Il n'existe plus d'autre jalousie, plus d'autre
émulation que celle de contribuer plus efficacement à ce développement général de nos connaissances.

C'est par cette immense réunion d'efforts que l'on commence,
on peut le dire, seulement de nos jours, à prendre une idée de
la richesse de la nature organisée. Linnæus, en 1778, dans sa revue
générale des végétaux, en indiquait environ huit mille espèces.
Il y en a vingt-cinq mille dans celle de Wildenow, commencée
trente ans après. M. Decandolle, dans celle dont il s'occupe
aujourd'hui, en décrira quarante mille; et de tous côtés, MM. de
Humboldt, Kunth, Martius, Saint-Hilaire, lui préparent de riches
suppléments. Avant peu d'années, le nombre de 50,000 sera dé-
passé. Les formes extraordinaires ne sont pas moins surprenantes
que ces nombres, et certainement Linnæus n'aurait pas soupçonné
l'existence du *raflesia*, de cette plante parasite qui n'a ni tige,
ni feuilles, qui ne consiste que dans une fleur, mais dans une
fleur de trois pieds de diamètre. C'est dans le fond des forêts de
l'île de Sumatra qu'elle a été découverte, il y a peu de temps.

Buffon avait estimé le nombre des quadrupèdes existants à trois
cents à peu près. M. Desmarets, dans un ouvrage récent, en a compté
plus de sept cents, et il s'en faut beaucoup que lui-même regarde son
énumération comme complète. On supposait que les grandes espèces
au moins étaient toutes connues; mais les Indes en ont fourni en
foule et de très-grandes; quatre ou cinq cerfs, autant d'ours, deux
rhinocéros, et jusqu'à un tapir, genre que l'on ne croyait pas qui
existât hors de l'Amérique. C'est surtout à MM. Diard et Duvaucel
que l'on doit ces accroissements dans la classe des quadrupèdes; et
ils sont consignés, avec beaucoup d'autres, dans le grand ouvrage

que MM. Geoffroy-Saint-Hilaire et Fréd. Cuvier ont entrepris sur
cette partie du règne animal.

Les ménageries où l'on rassemble ces animaux ont donné à l'observateur des moyens d'en observer l'instinct, et de fixer avec
précision les limites qui séparent cette faculté de l'intelligence humaine. Les travaux de M. Frédéric Cuvier sur ce sujet ont ouvert
une carrière nouvelle à cette branche de la philosophie.

On n'ose pas encore établir de nombre pour les oiseaux, les
reptiles et les poissons, sur lesquels aucun ouvrage récent n'a fixé
les idées ; mais tous les cabinets regorgent d'espèces nouvelles qui
appellent le nomenclateur.

Après les beaux recueils d'oiseaux de MM. Levaillant, Audebert
et Vieillot, MM. Temminck et Laugier viennent d'en entreprendre
un qui déja approche de la 300me planche, sans avoir encore rien
donné qui ait déja paru dans d'autres ouvrages.

M. le comte de Lacepède, il y a vingt ans, dans sa célèbre Histoire des Poissons, en comptait moins de quinze cents espèces,
bien qu'il y comprît toutes celles dont les auteurs avaient parlé,
en même temps que celles qu'il avait vues. Le seul cabinet du Roi
en possède aujourd'hui deux mille cinq cents, dont plus de la
moitié sont dues aux voyages des dix dernières années ; mais ces
deux mille cinq cents espèces ne sont probablement qu'un faible
à-compte sur celles que donneront la mer et les fleuves. Nos rivières
de France en nourrissent environ cinquante d'eau douce, et déja
le Gange seul en a fourni deux cent soixante-dix à M. Hamilton
Buchanan ; il n'y a pas à douter que les autres rivières des pays
chauds n'en possèdent des nombres proportionnés.

Des augmentations toutes pareilles se montrent dans le grand
traité de M. Delamark sur les animaux sans vertèbres, dans celui
de M. Lamouroux sur les polypiers, et dans l'ouvrage magnifique
que M. de Férussac vient de consacrer aux seuls mollusques de
terre et d'eau douce. C'est presque un monde que celui qu'a révélé

M. Rudolphi dans son histoire des vers qui vivent dans le corps des autres animaux.

On est effrayé surtout dans la classe des insectes, de ces nombres toujours croissants. Il n'est point de pays, si étudié qu'il soit, qui n'en offre tous les jours d'inconnus, et c'est par milliers que chaque voyageur en rapporte des pays chauds. Le seul cabinet du Roi en possède actuellement plus de vingt-cinq mille espèces ; et d'après les estimations les plus modérées, il y en a dans les autres cabinets de l'Europe au moins autant qu'il ne possède point. M. de Latreille, l'homme qui a porté le plus loin la profonde connaissance de cette classe d'animaux, a calculé qu'un homme qui voudrait décrire tous ceux que l'on a rassemblés aurait besoin de trente ans d'un travail très-assidu ; et pendant ce temps-là, si le zèle des voyageurs ne se ralentit point, il en sera encore arrivé un aussi grand nombre de nouveaux. Et je prie de remarquer qu'il n'est question ici que de simples descriptions extérieures : pour l'organisation intérieure, deux ou trois de ces êtres que le vulgaire traite avec tant de mépris, pourraient remplir la vie d'un homme.

On ne peut voir sans admiration cet ouvrage sur l'anatomie d'une seule chenille auquel Lyonnet consacra dix années. Un travail semblable et tout récent d'un jeune naturaliste, M. Strauss, sur le hanneton, n'est pas moins fait pour confondre l'imagination. Dans ce petit corps à peine d'un pouce de longueur, on peut compter 3o6 pièces dures servant d'enveloppe, 494 muscles propres à les mouvoir, 24 paires de nerfs pour les animer, toutes divisées en des filets innombrables ; 48 paires de trachées non moins divisées, pour porter l'air et la vie dans cet inextricable tissu. C'est un spectacle ravissant par sa finesse, sa régularité. Jusqu'au bel assortiment de ses couleurs, tout y semble calculé pour plaire à l'œil de l'homme, à l'œil de l'homme qui pour la première fois depuis que le monde existe y a peut-être regardé.

N'est-ce pas un des sujets les plus propres à exciter nos réflexions, que le but de tant de beautés prodiguées par la nature sur ses ouvrages les plus cachés, ceux qui échappent le plus à nos regards? Ces milliers de poissons, par exemple, dont les écailles resplendissent de l'éclat de l'or et de toutes les pierres précieuses, où toutes les couleurs de l'iris se brisent, se reflètent en bandes, en taches, en lignes onduleuses, anguleuses et toujours régulières, toujours de nuances admirablement assorties : pour le plaisir de qui étaient destinées ces merveilles que les abymes de l'Océan nous dérobent? Ils ne peuvent pas même se voir entre eux, car la lumière pénètre à peine dans les profondeurs où ils vivent. Plus on y réfléchit, et plus on se persuade que tant de beautés purement relatives à l'homme sont un attrait pour l'homme. Les merveilles de la terre, comme celles du ciel, sont destinées à captiver notre esprit, à exciter notre génie. C'est la continuation de ce commandement de voir et de nommer, par où s'ouvre la vie de notre espèce ; c'est la voie qui devait nous conduire soit à des contemplations plus hautes, soit seulement à des inventions utiles.

En effet, l'histoire naturelle ne fait aucun pas, sans que la physiologie et la philosophie générale marchent d'un pas égal, et sans que la société reçoive leur tribut commun. Aussi l'époque dont nous venons de parler ne brille-t-elle pas moins par les sciences de l'expérience et de la combinaison, et par leurs applications à nos besoins, que par ces énormes accroissements des objets de nos études ; et il ne me faudrait pas moins de temps que je ne viens d'en prendre, pour faire seulement la simple énumération de leurs services. Je montrerais tout ce que la botanique nous a procuré : le cèdre *araucaria* rapporté du Brésil par M. Saint-Hilaire, et qui sera un si bel ornement pour nos forêts du Midi. Je parlerais du *phormium tenax*, rapporté autrefois par M. de La Billardière, et dont la propagation en France est maintenant assurée : ses fils, à la fois plus déliés et plus robustes que ceux du chanvre, seront

de la plus grande utilité pour notre marine. Je ferais valoir les services que M. Léchenaud vient de rendre à l'île de Bourbon, en lui
apprenant la méthode qu'elle avait ignorée jusque là de tirer parti
de ses cannelliers, et la nouvelle source de richesses qu'il vient
de donner à Cayenne en y transportant le thé de la Chine. Au
fond, nos colonies ne vivent que des dons des botanistes; et l'on
s'étonne qu'elles n'aient encore érigé de monuments ni à Jussieu et
à Desclieux qui leur procurèrent le cafier, ni à Poivre et à Sonne-
rat qui allèrent en bravant tant de périls leur chercher les épiceries.
J'expliquerais comment les découvertes de la botanique prennent
une nouvelle valeur par celles de la chimie, qui dans ces derniers
temps est parvenue à mettre à nu les principes médicamenteux, et
à apprécier presque mathématiquement le degré de vertu de chaque substance. Les travaux de M. Sertürner, de MM. Pelletier et
Caventou paraîtraient ici avec éclat. J'y joindrais ceux de M. Che-
vreul sur les principes des animaux, qui ouvrent de nouvelles vues
à la physiologie; ceux de M. Mitscherlich, de M. Beudant sur la pro-
duction des cristaux, qui donnent des idées importantes et pour
la minéralogie, et pour la théorie de la terre. Mais ce serait
surtout la physiologie elle-même, la science de la vie, que nous
verrions, conduite par l'histoire naturelle, la chimie et la physique,
s'ouvrir de toutes parts des routes non frayées, et donner le plus
d'espérances à l'humanité. Cette multitude de formes sous lesquelles
la vie se montre dans un si grand nombre d'animaux divers, en a
donné des idées moins restreintes; et la rigueur des expériences
auxquelles on l'a soumise, a imprimé à la science qui en traite
un caractère de précision dont à peine, il y a cinquante ans, l'au-
rait-on crue susceptible. Un homme généreux, M. de Monthyon,
par les prix qu'il a fondés pour elle, vient encore de lui donner
une impulsion plus vive; et déja ce que parmi nous M. Edwards
a déterminé touchant l'action des agents extérieurs sur les corps vi-
vants, M. Serre sur la formation des os et le développement du cer-

veau, M. Magendie sur les voies de l'absorption, sur la distinction des nerfs de la volonté et du sentiment, M. Flourens sur les fonctions particulières à chacune des masses du cerveau, annonce une ère nouvelle dont les progrès de l'art de guérir ne pourront manquer d'être le terme.

Mais je m'aperçois que déja ces indications sommaires m'entraînent hors du cercle où je voulais me restreindre; réservons-en le développement pour une autre réunion. Qu'il me suffise aujourd'hui d'avoir ébauché le tableau des tributs que la paix a apportés à la science. Il nous fait entrevoir à la fois et l'immensité de la nature, et les jouissances que son étude nous promet encore. Tous les travaux des naturalistes, il faut en convenir, ne sont jusqu'à présent que des aperçus bien légers, que des regards furtifs jetés sur ce vaste champ. Mais que cette idée ne décourage point : la seule qui pourrait devenir à juste titre décourageante, serait celle que l'on est arrivé au terme, et qu'il ne reste rien à faire au génie de l'observateur.

DE LA PRÉCISION *considérée dans le Style, les Langues et la Pantomime, par* M. LÉMONTEY, *de l'Académie française.*

La précision, qui consiste à bannir du discours tout le superflu, et à n'y rien omettre du nécessaire, est une économie qu'on loue ordinairement plus qu'on ne la pratique. Quelques rhéteurs l'ont même passée sous silence, car elle doit avoir peu de crédit dans les écoles, où la profession du maître repose en grande partie sur le débit des ornements, et où des prix d'amplification attendaient naguère les plus verbeux des élèves. Il faut la distinguer d'une de ses branches, qu'on appelle la concision, et qui s'attache à l'épargne des mots et au resserrement de la phrase plutôt qu'à la mesure rigoureuse de l'expression avec la pensée. La concision prête indifféremment son secours à la fausseté comme à la vérité, tandis que la précision ne se conçoit pas sans justesse et sans clarté ; la concision peut n'être aussi qu'une affectation de l'esprit, au lieu que la précision se forme surtout de la vigueur combinée du jugement et du caractère. Elle est dans l'homme l'attribut de la force et de la raison, dans l'ordre social le langage de la loi qui prescrit et du pouvoir qui commande, dans les sciences le but et la perfection des méthodes et des nomenclatures.

Il est des esprits fermes, tranchants et austères, dont la pensée se presse, s'épure, et s'échappe naturellement, comme le métal du laminoir, sous la forme la plus compacte. L'antiquité a même eu un peuple moulé dans des institutions si fortes, que cet attribut

de quelques hommes singuliers était devenu sa nature commune.
Le mot de *laconisme* a conservé le souvenir du langage bref et
poignant des Spartiates (1). La nation moderne qui excelle dans
l'art de converser, y doit sa supériorité au secret qu'elle possède
de tout abréger, et de semer le plus d'idées dans un moindre espace.
La haine des répétitions et des longs discoureurs y fait, comme à
Sparte, la police des entretiens. Qu'on ne s'étonne pas trop de voir
les Lacédémoniens et les Français arriver au même but; car si
l'effet est semblable, les causes sont différentes.

Notre esprit vif et impatient, et notre langue privée d'inversions
obligent dans nos cercles l'interlocuteur à être précis. Comme en
effet la construction directe de la phrase en découvre le sens dès les
premiers mots, et que la promptitude de l'intelligence française le
saisit aussi vite et brûle de s'en attribuer l'honneur, on se voit
contraint de donner au dialogue la prestesse de la pensée, sous
peine d'être interrompu par les uns, et fastidieux pour tous. Cette
observation se vérifie en sens contraire dans la langue usitée sur
les deux bords du Rhin, où une seule circonstance grammaticale
rend très à propos la patience de celui qui écoute égale à la len-
teur de celui qui parle. Il suffit que la particule négative soit pla-
cée par l'usage à la fin de la phrase allemande pour opérer ce
prodige. L'auditeur le plus emporté souffre avec flegme le développement de toute une période, car il ne peut savoir, qu'après
en avoir pesé le dernier mot, si elle est une affirmation ou une
négation, c'est-à-dire un axiome ou un paradoxe, un madrigal ou
une injure. J'ignore si le naturel des Allemands a produit les sus-
pensions habituelles qui distinguent leur langue, ou si au con-

---

(1) Il est juste de dire que le *laconisme* tenait aussi à l'esprit dominateur de la
nation. On remarqua fort bien le changement qui s'y fit après la bataille de Leuc-
tres. Épaminondas ne se vanta pas sans raison d'avoir allongé la phrase lacédé-
monienne.

traire cette singularité de leur grammaire a influé sur l'esprit germanique ; mais je sais bien que si les Français étaient soumis tout-à-coup à un pareil frein, ils ne tarderaient pas à changer ou de syntaxe ou de caractère.

La précision, étrangère aux protestations de l'amour, aux confidences de l'amitié, à la liberté du style épistolaire, et aux ténèbres de la diplomatie, rencontre des obstacles légitimes dans l'éloquence, dans la poésie, dans l'art dramatique. Toutes les fois qu'on parle simultanément à plusieurs hommes, il faut se proportionner à l'attention des plus frivoles, à l'intelligence des plus simples, à la paresse des plus lents. Toutes les fois qu'il s'agit de convaincre des esprits divers, quelle variété de tons et d'images, quelles attaques redoublées ne sont-elles pas nécessaires contre des dispositions dont la malveillance connaît plusieurs degrés, contre des préjugés dont les racines ne sont pas les mêmes ! Ainsi la chaire sacrée, la tribune politique, essaient des routes différentes, et tour-à-tour s'arment de véhémence, d'onction, d'autorités, d'imagination et d'arguments. De son côté, la poésie, plus amante des digressions, se nourrit de luxe et d'éclat, étale ses richesses et ses jeux, et comme la musique, dont elle est sœur, répand sa mélodie dans le retour d'harmonieuses périodes. La muse dramatique explique tout sous peine d'être obscure, produit l'illusion et la sympathie par le nombre et l'exactitude des détails, et déploie la langue fougueuse et abondante des passions. Les combats du barreau sont encore moins favorables à la précision, à la précision si chère aux juges, mais si odieuse aux plaideurs, et qui de toutes les qualités de l'avocat est la plus mal récompensée.

Cependant la précision est une alliée si heureuse de la raison humaine, qu'il n'est pas rare de la voir pénétrer dans les genres qui lui semblent le plus opposés. La poésie l'accueille dans l'épigramme, la satire, et les préceptes didactiques. Elle a frappé

8.

d'admirables maximes sous le coin de Corneille, et dérobé de piquants proverbes à la muse prolixe de Gresset. La grace même a sa précision, la mélancolie intéresse surtout par son silence ; et la plus incertaine des beautés littéraires, la négligence, cesse de plaire, si elle est prolongée. Peut-on oublier que la philosophie dont l'enseignement se piqua le plus de précision, fut ce *Portique* célèbre qui érigea en devoirs l'activité de l'ame et l'amour des hommes, donna *Marc-Aurèle* au trône, et mit au sein de la sagesse un cœur pour la pitié, et de l'héroïsme pour la vertu ? Au théâtre, la logique si expansive des passions sent à la fin le besoin de se resserrer, comme un fleuve à l'approche des cataractes, et signale volontiers ses derniers éclats par ces vives saillies, et ces traits simples et sublimes que trouva le génie de Racine. L'art oratoire lui-même ne semble prodiguer de somptueux développements que pour préparer à ses harangues un résumé plus pressant, et finir comme Démosthène ce qu'il a commencé comme Isocrate. Autant il craignait dans sa marche l'aridité de la précision, autant il en invoque l'énergie en approchant du but. Semblable à l'athlète qui ramasse son corps et ses muscles afin de terminer la lutte par un coup décisif, l'orateur, prêt à quitter la parole, saisit la hache de Phocion, ou agite le dilemme aux deux tranchants ; il sait que les traits aigus laisseront seuls une trace durable, et veut, pour dompter les esprits, que sa phrase soit courte comme l'épée romaine qui subjugua le monde (1).

Je ne connais dans l'action de la parole que deux modes absolument incompatibles avec la précision ; l'un est le dessein de tromper ou l'empirisme, et l'autre l'improvisation proprement dite. A moins que le charlatanisme ne couvre ses fausses sciences des am-

---

(1) L'Aréopage, qui se défiait tant de l'éloquence, n'avait pas manqué d'interdire aux orateurs ces résumés nerveux et entraînants, désignés par le nom de péroraisons.

biguités d'une langue morte, il doit se replier en mille détours pour
lasser l'attention, éblouir la faiblesse, et surprendre la crédulité.
Quelquefois, il est vrai, un fourbe plus effronté impose aux hommes par le laconisme des apophthegmes; mais remarquez bien qu'a-
lors son langage procède à la manière des oracles, et que loin d'être
précis il se fait obscur. On rencontre sous l'enseigne de l'empirisme
la polémique en tous genres qui exagère nécessairement la vérité,
quand elle ne la trahit pas, et l'esprit de secte qui ne se pique
pas de plus d'impartialité. Tous deux sont ennemis naturels de la
précision, et cette remarque critique n'a pas échappé à la bonne
foi littéraire de l'auteur de la Henriade. *La profusion des mots*,
dit-il, *est le grand vice du style de tous nos philosophes et antiphi-
losophes modernes* (1). Je suis bien tenté de ranger à leur suite
une classe de novateurs en littérature qui professe un égal attache-
ment pour la diffusion; je veux parler des créateurs de la prose
poétique. Ce genre, qui jusque dans ses chefs-d'œuvre conserve
un air de parodie, a singulièrement troublé et appauvri une langue
où, comme dans la nôtre, les limites de la prose et de la poésie
sont d'une extrême délicatesse. Des sentiments vagues quoique af-
fectés, des pensées fausses en termes impropres, et d'éternelles
descriptions d'un coloris outré, n'offrent-ils pas des éléments ir-
réconciliables avec toute idée de justesse, de naturel et de vérité?
Ronsard fut plus excusable puisqu'il n'altérait encore qu'un idiome
rude et incomplet. J'épargne d'autres reproches à une aberration
où le ridicule des imitateurs a suffisamment puni le talent égaré
des premiers modèles.

L'improvisation, arrivée par l'habitude au point où elle mérite
spécialement ce nom, est une faculté précieuse ou un abus impor-
tun. Qu'après une méditation sérieuse, l'orateur ému par la passion, ou le professeur riche de longues études, l'emploient dans

---

(1) *Dictionnaire Philosophique*, au mot STYLE.

une mesure convenable, je partage avec ivresse leur inspiration.
Mais si, à mon commandement, la statue de l'improvisateur mo-
dule des sons sur la matière que je lui prescris, je n'accorde à
cette magie que mon étonnement. L'artifice de l'enchanteur consiste à gagner par le jet mécanique de paroles surabondantes assez
de loisir pour penser vite et réfléchir en courant. Ce luxe de mots
qui est le travail d'un rhéteur de cabinet, est au contraire pour
l'improvisateur, quel qu'il soit, un secours et un repos pendant
sa fièvre spontanée. C'est assez dire que dans sa bouche la précision offrirait une sorte de contre-sens, ou plutôt qu'elle exigerait
un effort supérieur à la puissance de l'organisation humaine. Si
jamais cet art devenait une profession, ce serait probablement sous
les auspices d'une langue obséquieuse et sonore, difficilement con-
cise, et souple avec mollesse, et au sein d'un peuple dont l'esprit
aurait pour signalement l'étendue et la mobilité.

La précision, ainsi modifiée par le caractère des hommes et la
nature des compositions, mérite aussi d'être observée dans ses rapports avec la progression des langues. Peu de besoins et peu d'i-
dées réduisent l'enfance des peuples au plus simple langage. Si
par hasard quelque nuance plus délicate pénètre dans leur esprit,
ils ne peuvent en donner par de pénibles périphrases qu'une no-
tion imparfaite; et s'ils sont frappés d'un grand spectacle, ils ne
sauront l'exprimer que par une image commune ; ils confient leur
expérience à quelques adages grossiers, et leurs souvenirs à des
signes mal ébauchés sur la pierre ou le métal. Le doute est
permis sur les prétendues beautés que le caprice des modernes se
plaît à découvrir dans des expressions et des harangues de sauvages ou de peuplades barbares; car ces juges blasés appellent sublime ce qui est nu, de même que sous le nom de *pittoresques* ils
ont vanté plus d'une fois les difformités du monde physique.
N'accordons pas si facilement les honneurs de la précision à la di-
sette des idées et aux difficultés de l'écriture lapidaire. La pauvreté

du langage n'est pas plus de la précision que la famine n'est de
la tempérance.

Le même principe qui a fait commencer par la poésie la littérature des peuples, a voulu que dans la prose le style précis et
coupé fût précédé par le style périodique. Cette loi des nations gou-
verne aussi les individus ; la vagabonde imagination est le propre
de la jeunesse, comme la judicieuse précision l'est de la virilité, et
l'on sait combien les novices en l'art d'écrire ont coutume de se
perdre en des phrases interminables. La marche des temps qui
donna aux Grecs Hérodote avant Thucydide, Platon avant Aristote;
et aux Romains Cicéron et Tite-Live avant Sénèque et Tacite, s'est
reproduite ailleurs dans un ordre pareil ; et parmi nous Balzac et
Pélisson, d'Aguesseau et Fléchier avaient déployé leurs phrases
symétriques, lorsque Voltaire, Montesquieu et Duclos prêtèrent
à la langue une allure plus rapide. Il est assez ordinaire de regarder
dans les écoles l'abandon de la période cicéronienne comme un
défaut de l'écrivain et un signe de la décadence littéraire du siècle.
L'espèce de culte qu'on porta dès la renaissance des lettres aux
œuvres de l'orateur romain, presque toutes sauvées du naufrage
de l'antiquité, a donné à cette opinion la force d'un préjugé.
Sans nous rendre partie dans ce procès éternel entre les rhéteurs
et les philosophes, remarquons seulement que le style a dû se
resserrer de lui-même par le progrès de la vérité et par l'accrois-
sement de la langue.

Dans toute civilisation, le seul mouvement de l'esprit humain
suffit pour augmenter graduellement le nombre des vérités con-
venues. Ce qui était obscur s'éclaircit ; ce qui était douteux se vérifie ; et une foule de problèmes se change en théorèmes. Ainsi
d'innombrables résultats s'introduisent dans la langue soit écrite,
soit parlée, comme des formules arrêtées, dont l'essence est de
tendre toujours à s'abréger ; car on n'ignore pas que dans les formules, même dans celles qui se forment de signes algébriques, la

précision prend le nom d'élégance. Ne soyons donc point surpris
que telle proposition qui coûtait à Cicéron plusieurs périodes se
retrouve intégralement dans quelques mots de Sénèque. Le premier commençait l'éducation philosophique des Romains avec les
lumières empruntées des Grecs, et le second l'achevait avec les
notions que Rome avait acquises. La contraction si remarquée dans
le style de ce dernier, effet nécessaire des choses et du temps, ne
doit être imputée ni en bien ni en mal au précepteur de Néron,
dont la tête n'était point d'ailleurs naturellement précise, et qui se
plaisait, comme l'a fait depuis Massillon, à multiplier les formes de
la même idée, avec la différence que c'est une abondance utile
dans les communications d'un orateur, et un abus de l'esprit dans
les méditations d'un philosophe.

Si on applique le parallèle entre Cicéron et Sénèque aux époques
de notre littérature, on reconnaîtra aussi qu'une simple incise,
sous la plume de Fontenelle, de Montesquieu, de Voltaire, et du
président Hénault, contient souvent la substance de longues
phrases du dix-septième siècle. Pourquoi auraient-ils développé ce
que tout le monde savait? Pourquoi auraient-ils prouvé ce qui
n'était plus douteux? La précision des derniers venus était née,
presque à leur insu, du progrès des connaissances, de l'application vulgaire des sciences exactes, de l'intelligence plus exercée
des lecteurs, de la maturité plus générale de la société, ou même,
si l'on veut, de sa lassitude (1); je ne nie pas que chez des écri-

---

(1) Les révolutions du style offrent communément la succession de trois âges.
Faute d'idées et de mots, on écrit d'abord peu et mal; c'est l'âge de l'indigence.
Ensuite on s'abandonne à l'exercice de toutes ses facultés, on écrit bien, beaucoup
et longuement; c'est l'âge de l'abondance. Enfin, accablé sous le poids de tant de
richesses, on sent la nécessité de les épurer et de les classer pour en jouir; c'est
l'âge de l'ordre et de la précision. Nous n'y sommes peut-être pas tout-à-fait arrivés; mais on le désire, et on y touche. Rien ne dispose mieux à la plainte contre

vains antérieurs, tels que Montaigne, Bossuet, le cardinal de Retz, madame de Sévigné, il ne se rencontre des traits d'une admirable précision, mais on sent qu'ils appartiennent à l'élan du génie, ou à la vivacité de l'esprit, et non à la texture habituelle du style. Je ne parle pas de la Bruyère, d'ailleurs si énergique et si précis, parce que ce moraliste s'étant affranchi de la plupart des conditions qui constituent le style, doit être envisagé moins comme un écrivain, que comme un excellent graveur de pensées. Mais j'aurais pu citer encore comme de charmants modèles d'une précision toute française, certains passages des lettres et des harangues de Henri IV; car, si je ne me trompe, entre tous ses bienfaits, le *Béarnais* au panache blanc, au sens droit et au cœur chaud, n'a pas apporté à notre langue un tribut à dédaigner. En général, le goût et l'oreille avaient dû avertir nos pères que dans une langue privée d'inversions le style périodique était toujours menacé de paraître immobile, traînant ou monotone. Malheureusement la crainte de cet écueil jette les imprudents sur un autre. On arrive

---

la prolixité que la vue de nos immenses bibliothèques. On a calculé que, sur les deux hémisphères, l'imprimerie ajoute encore, année commune, à ces montagnes d'écrits, quarante mille ouvrages nouveaux; et l'on accuse les presses de France, d'Angleterre et d'Allemagne d'en fournir seules la moitié. Au milieu de ces halles de livres, où l'esprit humain hésite et s'effraie comme au bord d'un abyme, qui ne ferait des vœux pour qu'on séparât enfin de ce chaos toujours croissant, la partie qui en est réellement utile ou agréable? En attendant une réforme intellectuelle qui abrège les ouvrages, nous accueillons des transformations matérielles qui rendent les livres plus légers. Déja ces volumes énormes, qui gisent au bas étage de nos bibliothèques, comme une sorte de fondation cyclopéenne, divisent leur masse incommode. Nous voyons les *Chroniques de France*, les *Pandectes de Justinien*, et le *Dictionnaire* de Bayle renaître avec les dimensions de l'in-8°; il n'est pas jusqu'à l'*Art de Vérifier les dates*, qui, réduit au même format, n'ait rompu l'antique union des Bénédictins et des *in-folio*. La précision est tellement le besoin du siècle, qu'à défaut de la réalité, on s'amuse de l'apparence.

9

des teintes vives aux tons heurtés, et du style concis au style haché. L'ambition de s'exprimer sans relâche par des chocs de mots et par des traits ou trop fins, ou trop multipliés, produit l'éblouissement et fatigue autant que le labyrinthe de la période carrée.

J'ai dit comment le nombre des vérités mises en circulation tournait à l'avantage de la précision ; voyons maintenant combien le nombre des mots lui est favorable. On a déja compris que la précision était incompatible avec une langue pauvre ; car, ou les termes y manqueront aux idées, et il faudra se taire, ou l'on tâchera de se faire entendre par des équivalents et des circonlocutions, et alors on sera prolixe. La véritable précision ne saurait donc se soutenir que par un dictionnaire abondant, parce que l'obligation de s'exprimer en peu de mots suppose la nécessité de n'employer que les mots propres (1), et que la découverte des mots propres suppose la faculté de les choisir dans un grand nombre d'expressions proportionné à la multitude des perceptions humaines. Cette richesse met entre les mains du génie des instruments d'une précision presque surnaturelle. Un mot, un verbe, une simple épithète échappée sans affectation, frappe d'une lumière soudaine, ou remue une longue chaîne d'idées. Ces prodiges sont fa-

---

(1) Les mots n'étant que des signes, ils ne peuvent jamais rendre la sensation et la pensée que d'une manière approximative. Il ne faut donc pas prêter un sens trop rigoureux à ce qu'on entend par *mots propres*, au point de soutenir, comme le font quelques personnes, qu'il n'existe point de synonymes. Une telle subtilité décolorerait tout langage, et conviendrait à des automates, et non pas à des hommes. On tomberait de la nature flexible et animée, dans la précision mathématique, source d'erreurs ou ridicules ou funestes, lorsqu'on l'applique aux matières qui ne sont pas de son domaine. La précision peut sans doute avoir ses excès. Il semble que le célèbre *Linné* en a touché les justes limites, dans la langue vive et singulière qu'il créa, en quelque sorte, pour faire la description classique des trois règnes de la nature.

miliers sous la plume de Pascal et de Buffon. *Les fleuves*, dit l'un, *sont des chemins qui marchent.* Le désert africain, dit l'autre, *est une terre morte écorchée par les vents ;* et ailleurs, suivant les pas de La Condamine dans la solitude immense et silencieuse des Cordillières, il y montre *la nature étonnée de s'entendre interroger pour la première fois.* Cette précision étincelante, ces traits si profonds et si vifs, dus à l'emploi d'une seule expression, ne sont que des points; mais ils éclairent tout un horizon (1).

Après l'examen des causes qui favorisent ou contrarient la précision, il est temps de la considérer elle-même comme une cause qui agit par sa propre puissance sur les formes du langage. Le besoin de la précision n'est autre chose que la rectitude même de l'esprit humain, à laquelle nous revenons toujours à travers les écarts de l'imagination et les troubles de la sensibilité. Si vous apercevez aux côtés d'un grand chemin des sentiers que le voyageur a tracés malgré l'obstacle des fossés et des haies, vous en concluez que la route pouvait être plus commode ou plus courte. Le même incident a lieu dans les langues. Dès qu'une idée ne peut

---

(1) Si quelqu'un veut connaître, par un exemple sensible, en combien peu de temps agissent les causes de la précision, il peut embrasser d'un coup d'œil les trente-cinq années qui se sont écoulées depuis que la discussion politique et parlementaire a été ouverte aux Français, et suivre les pas que leur éloquence a faits dans cette carrière nouvelle. S'il compare les premiers temps de cette époque aux derniers, il sera frappé de voir combien, dans l'intervalle, l'élocution est devenue d'un goût plus sévère, d'une trame plus serrée, d'une sève plus substantielle. Aux mouvements étudiés, à l'éclat du style, aux théories magistrales, a succédé une diction sobre de phrases et de détails, nourrie de principes et de vérités. Ce qui était alors encouragé par l'admiration, risquerait aujourd'hui de n'éveiller que l'impatience. Le prix du temps et l'attrait du positif, ont fort désabusé du luxe oratoire, et l'on sent de plus en plus, dans notre rhétorique parlementaire, les progrès et la leçon de l'expérience. J'éclairerais volontiers cette assertion par un parallèle de nos divers orateurs politiques, si les passions du moment souffraient qu'on traitât de pareilles matières, dans le seul intérêt de la science.

9.

y être exprimée qu'avec ambiguité ou périphrase, la loi irrésistible de la précision veut qu'on y pourvoie ; le peuple, comme le piéton, se jette hors de la voie commune, et crée le mot nécessaire. L'armée des grammairiens s'irrite, et entre aussitôt en campagne. Si le peuple triomphe, on a un mot nouveau, c'est-à-dire un moyen de précision ; si le pédantisme l'emporte, on a une acception nouvelle d'un mot ancien, c'est-à-dire un germe de confusion. L'alter-native est inévitable. Et si, dans cette lutte, le peuple a ordinaire-ment l'avantage, c'est qu'il emploie ingénuement la plus droite des logiques, celle du besoin. Les découvertes, les systèmes des savants et les prétentions des écrivains tendent aussi à l'accrois-sement arbitraire des langues. En général la néologie a flotté jus-qu'à présent au hasard, et attend la direction philosophique qui lui manque.

Ce n'est pas seulement contre la périphrase que se dirige l'ac-tion constante de la précision. Elle travaille encore, à mesure que la langue se perfectionne, à délivrer la syntaxe de ses entraves. L'ellipse, fille chérie de la précision, imprime au style la vie et le mouvement, la hardiesse et la chaleur, et, sous la seule con-dition de ne jamais nuire à la clarté, elle est pour l'esprit ce que la métaphore est pour l'imagination. Quelques tropes ne sont eux-mêmes que des ellipses, c'est-à-dire des moyens d'arriver par une voie plus vive et plus courte à la représentation de l'idée. Les puristes superstitieux qui apportent tant de scrupules à mal écrire, regrettent amèrement leur pesant bagage, et se plaignent en vain qu'on leur retranche l'attirail de particules dont ils aimaient à cheviller chaque membre de leurs périodes. La précision poursuit ses heureux larcins jusque sur les signes matériels du langage, et dévore, dans les syllabes, cette foule de consonnes inutiles et de lettres doubles qui surchargeaient l'ancienne orthographe. Si l'on compare des livres français ou anglais imprimés de nos jours aux

éditions qui en avaient été faites sous les règnes d'Henri IV et
d'Élisabeth, on est agréablement surpris du prodigieux dépouil-
lement de caractères alphabétiques qui s'y est opéré, au profit
de la simplicité et de la clarté. En dépit d'étymologies, douteuses
pour l'origine, et souvent trompeuses pour le sens, bien des
mots ont jeté bas la livrée étrangère, et n'ont plus autant outragé
leur langue adoptive par une prononciation mal sonnante et une
orthographe insolite.

À la différence des langues anciennes, incapables, dans leur état
pour ainsi dire fossile, de perdre ou d'acquérir, les langues, si
justement nommées vivantes, offrent en effet le phénomène de
la vie, et portent dans leur sein une fermentation qui, sans en
rompre l'unité, en renouvelle sourdement les parties. Quoique
cette agitation vitale ait plusieurs causes, on peut assurer que la
précision en est la principale. Vous avez déja vu, en parcourant
l'échelle du langage, comment elle resserre le style par l'aversion
des périphrases et la génération des mots nouveaux; comment
elle allège la syntaxe par l'emploi des ellipses; comment elle ac-
courcit jusqu'aux syllabes par la simplification graduelle de l'orthographe. Il ne lui reste plus, pour constater l'universalité de son
empire, qu'à exprimer la pensée sans la parole, ce qui est bien
le dernier degré de la précision : elle y parvient par ce langage
primitif et universel, que le geste prononce, que le regard entend, que l'infirmité des organes et la différence des idiomes
rendent parfois nécessaire, mais dont les hommes se servent aussi
volontairement et avec succès. Quelles paroles peindraient l'orgueil, la duplicité, l'ordre impérieux, le desir, la supplication,
aussi rapidement que peuvent le faire le jeu de la figure et le
mouvement du corps? L'histoire en conserve d'illustres exemples;
les peuples taciturnes ou réfléchis, tels que les Turcs, les Anglais,
les Hollandais ont du goût pour cette manifestation abrégée de

leurs volontés; elle est un supplément nécessaire dans les écoles et les cloîtres soumis à la discipline du silence; et si l'on passe de la réalité aux fictions du théâtre, ce qu'on y appelle le *jeu muet* n'est-il pas la partie la plus savante de l'art, et le genre de perfection qui met le sceau à la renommée des grands comédiens? Ce serait tomber en d'oiseuses subtilités que de chercher la théorie de ce mécanisme, et tous les points où il touche à la précision qui est la matière principale de notre examen. J'entrevois cependant un problème dont la solution n'y serait pas superflue, et nous apprendrait pourquoi des hommes rassemblés sont revenus, sans autre besoin que le plaisir, à cette langue pantomime qui avait probablement, au berceau du monde, précédé les essais de la voix articulée.

Il est assez remarquable que les spectacles pantomimes n'ont point été l'amusement des sociétés naissantes, mais le fruit d'une civilisation très-avancée. Les Romains, qui s'y portèrent avec fureur, possédaient Lucrèce, Horace et Virgile. Ils sacrifièrent à ces jeux muets l'art dramatique qui comptait parmi eux des comédiens aussi fameux que Roscius, Ésope et Paris, et des auteurs tels que Plaute, Térence, Ovide, Sénèque, Andronicus, Pacuvius, et bien d'autres dont les œuvres sont perdues. On traite ordinairement de démence et de dépravation ce goût effréné des pantomimes, et j'ai été curieux de m'expliquer cette inconséquence du peuple romain si violemment condamnée. J'avais peine à croire qu'une masse d'hommes pût agir sans motifs, et j'ai cherché le mot de l'énigme non dans les conjectures des érudits, mais dans l'étude du cœur humain, et dans les faits qui se passent sous nos yeux. Nous avons des pantomimes à la manière des anciens; non sur la scène de l'opéra où la saltation les étouffe; mais sur des théâtres inférieurs, où l'action et les péripéties se déroulent avec force et netteté. Il n'est pas sûr que nos mimes y vaillent Pylade et Bathylle; mais le peuple de Paris les idolâtre, tout comme s'il était romain (1).

La circonstance qui frappe d'abord dans la représentation des pantomimes, à l'Opéra comme ailleurs, c'est le profond silence du public, qui était bruyant et causeur tant qu'on lui parlait, et qui se tait dès qu'il n'a plus rien à entendre. Cette apparente contradiction annonce déjà que le silence n'est point ici un besoin de l'oreille, mais le signe d'un intérêt puissant qui concentre toutes les facultés de l'homme dans l'attention. Averti par ce phénomène, je me suis supposé dans un théâtre romain; et parmi la foule des assistants, j'ai attaché mes regards sur la physionomie de quelques artisans robustes qui me représentaient plus naturellement les prolétaires de l'ancienne Rome, le matelot du port d'Ostia, ou le forgeron du mont Quirinal.

Le rideau se lève, l'action commence, et j'étudie les effets de la pantomime sur ces faces communes, interprètes d'un système nerveux qui ne doit pas s'ébranler à peu de frais. Je vois bientôt ces spectateurs populaires, l'œil saillant, la bouche entr'ouverte, les

---

(1) Si depuis quelque temps on joue un peu moins de pantomimes, il ne faut pas en accuser le refroidissement du public, mais l'épuisement des auteurs : car la difficulté est bien plus grande à faire une pantomime qu'un drame médiocre. La pantomime se compose exclusivement de ce qu'il y a de plus pénible dans l'art dramatique, l'invention et le plan. Peu de sujets lui conviennent, et le choix exige beaucoup de discernement. L'auteur doit concilier la rapidité de la marche avec la gradation de l'intérêt, la simplicité de l'action avec la variété des ressorts, et l'extrême clarté avec l'absence des moyens d'être clair. Tout son mécanisme joue à découvert; il n'y a là ni vers ni prose pour remplir les vides, déguiser les invraisemblances, expliquer les doutes, et faire prendre le change sur les fausses situations; en un mot, les obstacles sont plus grands, les ressources moindres, et la gloire à peu près nulle. C'est un sujet de regrets pour les spectateurs délicats, dont au moins les oreilles ne retrouvent pas dans la pantomime l'emphase et le solécisme qui sont ordinairement les deux muses de la tragédie foraine.

muscles et les veines du col enflés, le corps immobile, et la poi-
trine agitée. Les sympathies dramatiques se peignent sur leurs
visages baignés tour à tour de sueur et de larmes, et il s'échappe
involontairement de leur bouche, tantôt des cris sourds, tantôt
des mots, peu élégants sans doute, étrangers peut-être à votre
dictionnaire, mais pleins d'énergie et de justesse. Les pièces parlées
n'avaient pas si violemment ému les mêmes hommes, et la réflexion
en découvre aisément la cause. Le spectateur d'un drame n'est
qu'un simple auditeur, plus ou moins touché des impressions trans-
mises par des intermédiaires qui ont pensé et parlé pour lui. Souvent
même il chicane ses propres plaisirs, et préfère à la douceur de
sentir la vanité de juger; mais le plus grossier spectateur d'une pantomime est obligé d'entrer en partage de la composition, et de
remplir le canevas muet qu'on lui montre; il devient auteur lui-
même; et au lieu d'une action passive et d'emprunt, la sienne est
immédiate et personnelle. Quoiqu'il ne prononce pas le dialogue
des personnages, il l'écrit certainement dans sa tête et dans son
cœur. Tout son extérieur, et jusqu'au mouvement de ses lèvres,
en attestent le travail. Si ce langage interne pouvait être entendu,
on y admirerait probablement un style que rien n'arrête, aussi
prompt, aussi chaud, aussi vrai que la passion. La supériorité des
jouissances de cet homme sur celles du spectateur ordinaire des
drames dialogués sera évidente, au jugement de quiconque a
éprouvé l'ivresse de la composition, et connaît la prédilection de
l'homme pour son propre ouvrage. En fallait-il plus pour entraîner
le peuple romain aux jeux des pantomimes, et nous faire concevoir
la préférence que Auguste et Mécènes, Sénèque et Lucien leur
ont accordée ?

Que doit-on conclure de cette expérience? c'est que l'émotion
s'accroît à mesure que les moyens de la produire sont plus simples,
et les intermédiaires moins nombreux, c'est-à-dire qu'ils se rap-
prochent davantage des éléments de la précision. Cette loi repré·

sente dans le monde intellectuel, ce que des géomètres ont appelé *le principe de la moindre action* dans le jeu des forces motrices de la nature. Pour nous résumer, l'effet général de cette précision en littérature est de rendre plus saillant ce qui est bien, et moins lourd ce qui est mal. Les cas où elle dégénérerait en sécheresse sont indiqués par le goût, qui n'est autre chose que le bon sens appliqué avec délicatesse. Je m'abstiens de nouveaux développements, afin que, dans un écrit où l'on recommande la précision, le précepte ne soit pas gâté par l'exemple.